サン・ピエールの宝石迷宮

琥珀と秘密の終焉

篠原美季

講談社X文庫

目次

サン・ピエール学院

Saint-Pierre Academy

スイスのアルプスを望む地に建てられた全寮制私立学校《インターナショナル・ボーディングスクール》。

第一学年（平均13歳）〜第六学年（平均18歳）までが暮らす。

モットーは「学べ、さもなくば去れ／Aut《アウト》 disce《ディスケ》 aut《アウト》 discede《ディスケーデ》.」

『サン・ピエールの宝石迷宮』　人物紹介

Characters

イラストレーション／サマミヤアカザ

サン・ピエールの宝石迷宮　琥珀《こはく》と秘密の終焉《しゅうえん》

序章

嵐《あらし》から一夜明けたその日。

空は雲一つなくきれいに晴れ渡っていたが、海はまだ前夜の影響を受けて大荒れの状態で、白い波頭が次々と海岸線に打ちつけられては砕け散っていた。

ザブン。

ザブン。

音を立てて大波が押し寄せては引いていくたび、浜辺には白い泡が広がる。

寄せては返す波。

そんな荒波に揉《も》まれるように、先ほどから一つの石がコロコロと砂浜を転がっていた。

波間で、太陽光を反射して光る石――。

一方で、その石からかなり離れたところを歩いていた男に、地元の漁師が声をかける。

「――そこのあんた。もしかして、琥珀《こはく》を探しているのかい？」

「うん、わかるかい？」

「わかるさ」

笑った漁師が、「ここいらには」と続ける。

「時おり良質な琥珀が流れ着くというんで、あんたみたいな連中がよくうろついているからな」

「そりゃ、なんかすまないね」

苦笑しつつ、同業者の姿を探すようにあたりを見まわした男に対し、漁師が「ただね」と警告する。

「琥珀を探すのはいいにしても、それが水入りの美しい琥珀だったりしたら、ちょっと気をつけたほうがいい」

「気をつける？」

不思議そうに言いながら、漁師のほうに顔を戻した男が訊《き》き返す。

「また、なんで？」

「それは、昨日みたいに滅多にないほどの大嵐《おおあらし》が来た翌日に、もし、そんな琥珀が浜辺に打ち上げられていたとしたら、その琥珀はただの琥珀ではないからさ」

「ただの琥珀じゃないって……」

笑った男が、尋ねる。

「それなら、どんな琥珀なんだ？」

「恋しい相手と引き裂かれ、水底に繋《つな》がれた人魚の涙でできた琥珀だよ」

「人魚の涙?」

それはまた、なんともロマンチックだ。

思う男に、「それでな」と漁師が告げる。

「見た目の美しさとは裏腹に、その琥珀は、内に宿す人魚の恨みでもってまわりの人々に不和をもたらすと、このあたりでは昔から信じられているんだよ」

「へえ。——不和をねえ」

そんな話をする彼らの背後では、別の旅人が、波間で洗われていた石を拾いあげ、それを陽《ひ》に翳《かざ》しながら感嘆した。

「ああ、なんて美しい水入りの琥珀だろう。——これは、すごい儲《もう》けものだぞ!」

それは二十世紀半ばの、バルト海沿岸での出来事であった。

第一章　潮騒《しおさい》の呼び声

1

ザザン。

ザザン。

波が浜辺を打つ音が聞こえる。

寄せては返す波。

それは波間をたゆたう心地よさを聞く者に伝えていたが、同時に、水底から響いてくるなにかの呼び声を運んできたような気がして、彼――ルネ・イシモリ・デサンジュはふと目を覚ました。

（……あれ？）

ベッドの上で半身を起こしつつ、首をかしげて思う。

(この感じって――)

決して同じ夢を見たことがあるわけではなかったが、彼は以前、目覚めた瞬間の感覚がとても似ている体験をしたことがあった。

しかも、結構最近のことである。

少なくとも、ここ半年以内だ。

(あの時は、たしか……)

ルネは、その場で考える。

彼の記憶に間違いなければ、その時の夢では、謎《なぞ》の声に「女神の泉へ行け」と指示され、それと思《おぼ》しき場所に行ったら、ありうべからざる状況で精緻《せいち》な装飾のある銀の小箱を渡されたのだ。

声曰《いわ》く、「女神からの返礼の品」である。

それだというのに、その時に一緒にもらったモノが原因でちょっとした騒動が巻き起こり、ルネの同室者《ルームメイト》であるアルフォンス・オーギュスト・デュボワがかなり大変な目にあってしまった。

だから、この手の夢を見た時は、少々警戒すべきであるのだが――。

(今度は、いったいなんだろう……?)

悩みつつ、すっかり目が冴《さ》えてしまったルネは、アルフォンスを起こさないように気をつけながら、服を着替えて外に出る。

冬とは違い、初夏といえるこの季節は、起床時間前でも東の空に太陽がのぼり、あたりは白々している。

朝の新鮮な大気を吸いながら、ルネは空を見あげて思う。

(ああ、もうすぐ夏だなあ――)

落ち着きのある灰茶色《ココアブラウン》の髪。

神秘的に輝くボトルグリーンの瞳《ひとみ》。

東洋的で端整な顔立ちも含め、ルネは全体的にどこか異世界の住人を思わせる不可思議な雰囲気を湛《たた》えた青年である。

そんな彼の所属するサン・ピエール学院は、峻険《しゅんけん》なアルプスの山並みを近くに見ることのできる全寮制私立学校《インターナショナル・ボーディングスクール》の一つで、集う生徒たちの国籍もさまざまだ。

一学年およそ百人。

第一学年から第六学年まであり、ルネは現在、第一学年の最終学期を迎えていた。

永世中立国スイス。

この国には、同じように世界中の金持ちの子息を預かる全寮制私立学校《インターナショナル・ボーディングスクール》が数多く存在するが、その大部分が共学であるのに対し、サン・ピエール学院は英国の伝統校に倣《なら》って男子校という特徴を有している。

おかげで若干華やかさに欠けるものの、その分、異性の目を意識しないで済む気安さがあって、全体的にのんびりと大らかな雰囲気をまとっていた。

その上、大自然に抱かれたこの立地だ。

間近に迫る森林からは、常時、木々の放つ癒《い》やし系の香りが漂ってくる。

ただし、当然、近くに海はない。

太古には海の底にあったかもしれない大地であっても、今現在、海は遠い彼方《かなた》の存在である。

(それなのに、波の音——?)

ルネは、人気《ひとけ》のない道を歩きながら考える。

もちろん、夢と言われてしまえばそれまでだが、夢というのは、案外、外部の音や匂《にお》いに反応して見ることも多いと聞く。だとしたら、どこかで波の音がしていないとおかしいし、さらに言えば、うっすらと潮の香りも嗅《か》いだように思う。

(あと……)

今回は、誰かになにか言われたわけではなかったが、無言のまま、何事か訴えかけられていたような気もする。

(だけど、いったいなにを——?)

はっきりとはわからなかったが、そこには、なにかから解き放たれたいと希求するような、切羽詰まった願いがあったようにも思う。

それとも、もっと別のなにか――。

考えるものの。

（う～ん、わからない）

思考の迷路にはまり込みつつルネがやってきたのは、生徒や学校関係者から「聖母の泉」と呼ばれている湧《わ》き水《みず》の出る場所だった。とはいえ、聖堂のようなものがあるかと言えば決してそうではなく、たんに湧水《ゆうすい》の噴出口の周辺に人工的に洞穴を造り、正面の壁龕《へきがん》に聖母マリア像を安置しただけの場所である。

彼がここに足を運んでみようと思ったのは、前回の例に倣ってのことだ。

呼ばれた気がする以上、なにかあるかもしれない。

そう期待したのだが――。

（やっぱり、違うか）

うっすらと朝霧が漂う中、足を踏み入れた洞窟《どうくつ》内には、なんら変わったところは見受けられない。

ただ、いつものように、こんこんときれいな水が湧いているだけである。

極めて、ふつうだ。

しばらく待ってみたら、この前のようにまた水の中から手が出てきたり、あるいはいっそのこと、足が生えたりしないだろうか――？

そう思って佇《たたず》んでいたが、やはりなにも起こらない。

あたりは静かなままだった。

（……まあ、そうだよね）

ルネは、諦念《ていねん》とともに思う。

異変なんて、そうしょっちゅう起きるものではないし、逆に言えば、起こってもらっても困る。

実を言うと、小さい頃からルネのまわりでは、心霊現象と言うほどはっきりしたものではなかったが、説明のつきにくい奇妙な出来事が起こりやすかったのは事実で、この学校に来てからは、それがさらに顕著になっている気がした。

しかも、昔は、その手のことで悩まされた際には、山梨に住んでいた曾祖父《そうそふ》の教えに従って水晶を磨いたり、同じ曾祖父の家にあった紫水晶《アメジスト》のドームの中に身を潜ませたりしてやり過ごし、ルネが石に守ってもらっていた感があるのだが、なぜかここでは立場が逆転し、ルネが石の世話をする羽目になっている。

まるで、石たちがルネになにかをさせたがっているかのような――。

ルネのセカンドネームである「イシモリ」はその曾祖父を含む母方の姓であり、漢字にすると「石守」となる。

その名が示す通り、曾祖父の家の裏山には「玉置《たまき》神社」という小さな社《やしろ》があって、曾祖父はそこの管理人をしていた。古来、なんらかの石を祀《まつ》ってきたその神社には、昨今、パワーストーンのお祓《はら》いに来る人も多いらしい。

つまり、ルネと石は、多少なりとも縁のある関係と言えた。

ただ、だからといって、あまり変なことに巻き込まれるのは、やっぱり遠慮したい。

（まあ、これがふつうだし、平穏な学校生活を送りたければ、ふつうが一番――）

それでなくても、ルネのそばには今、ふつうとは対極にいるような人物が存在している。

（ふつうでないのは、彼だけでいい――）

そんなことを思いながら洞窟を出てきたルネは、最後にもう一度、泉を振り返る。

若干変化を期待してのことであったが、やはり変わったことはなく、ルネはここでも少し肩透かしを食らった気分に陥る。決してなにかが起きてほしいわけではないのに、起きなければ起きないで残念な気持ちになるというのも不思議だ。

人間の心というのは、かくも身勝手にできているということか。

小さく苦笑しつつ、ついにこの場に見切りをつけたルネが、腕時計に目を落とし、この時間なら寮に戻ってもう一眠りできるかなと考えていた時だ。

鼻先を、潮の香りが漂った。

（え？）

顔をあげたルネは、不思議に思いながらクンクンと匂いを嗅ぐ。

（やっぱり――）

潮の香りがする。

海辺に漂う独特な匂い。

だが、言ったように、このへんに海はなく、ルネは首をかしげてしまう。

もしかして、朝の夢が関係しているのだろうか。

そんなことを考えていると――。

ニャアア。

すぐ近くで、猫の鳴き声がした。

しかも、どこか切羽詰まった声だ。

キョロキョロとあたりを見まわしたルネは、再度「ニャア」と聞こえた声を頼りに方向転換し、猫の姿を求めて歩きだす。

学校の敷地内には、近所を縄張りにしている野良猫が迷い込んでくることがあり、そのような猫を見かけてもエサやりは基本的に禁止になっているのだが、やはり、中にはこっそりエサをやっている生徒もいるようだ。

猫好きは、どんな猫も放ってはおけないものらしい。

ルネ自身は、エサやりこそしたことはなかったが、今現在聞こえてくる声には、なにか放っておけないものを感じて探し続ける。

やがて見出《みいだ》したのは、森の中で木の股《また》に引っかかって動けなくなっている猫だった。

いったいどうしてそうなったのか。

いや、なにをしたら、こんな状況に陥れるのか。

わからないが、もがき苦しんでいるのを見つけたルネは、自分の背より少し高いところにいる猫を、木によじ登って助けだす。

それは、なかなか大変な作業だった。

それだというのに、どうにかこうにか救いだしてやると、圧迫から解放された猫は、ルネに感謝するどころか、その手をさっとすり抜け、さらにルネの頭を踏み台にして飛び去り、あっという間に藪《やぶ》の中に姿を消した。

その逃げ足の天晴《あっぱ》れなこと――。

逆に、その反動でバランスを崩したルネは、「うわっ」という声とともに墜落し、数十センチ下の地面に尻餅《しりもち》をつく。

「痛～～っ」

幸い、大きな怪我《けが》こそしなかったものの、軽い打ち身にはなりそうだ。

「なんか、ひどい。――せっかく助けてあげたのに」

その礼が、これだ。

野生の生き物に文句を言っても仕方ないが、ルネにとっては、なんとも残念な結果となった。

（まあでも、困っていた猫を助けてあげられたのだから、よしとするか――）

気を取り直し、痛む尻をさすりながら立ちあがろうとしたルネは、無意識に手をついたところでなにやら硬いものに触れ、意識がそれに向く。

（……？）

明らかに、草の感触とは違う。

ひんやりとして硬いものである。

手をどけてよく見れば、そこには二十センチから三十センチ四方ほどの平らな石――でなければ岩か、あるいはその中間くらいの石板があって、表面になにか入り組んだ模様が彫られている。

「え、なんだろう、これ？」

なんとも違和感のある物体だ。

石板自体は歪《ゆが》みがあって自然に造られたものであるのは間違いなさそうだが、表面の模様は明らかに人工的に彫られたものだ。

入り組んだ線が螺旋《らせん》を描くように引かれた図柄。

もとは、どこかに立てかけてあったものかもしれない。

わからないまま見おろしていたルネは、その時、ふと、ふたたび波の音を聞いたように思って耳を澄ました。

ザザン。

ザザン。

どうやら気のせいではない。

たしかに、聞こえる。

だが、いったい、どこから聞こえてくるのか。

さっきは潮の香りで、今度は波の音である。

しばらく考えていたルネは、ふと手の下の石を眺め、ややあってそれに耳を近づけてみた。

すると――。

ザザン。

ザザン。

音が鮮明になった。

（え、もしかして、この石が――？）

耳を離したルネは、びっくりして石を見おろすが、それは表面に模様がある以外、至ってふつうの石である。

(こんなことって、ある?)

念のため、もう一度耳を近づけると、やはり聞こえる。

ザザン。

ザザン。

(たしかに、貝殻なんかは、よく波の音が聞こえるというけれど……)

どうやら、石にもそんな現象が起こるらしい。

ルネは、なんとも不思議な気持ちでしばらくそれを見おろしていたものの、急激にお腹《なか》が空《す》いてきたこともあり、ひとまずその場を立ち去った。

2

サン・ピエール学院には全部で五つの寮があり、そのすべてに宝石の名前がつけられている。

ルネが暮らしているのは、その中のエメラルド寮で、寮エリアの真ん中には、全校生徒を収容できる円形の食堂があった。

そこで提供される朝食と昼食はビュッフェ形式で、利用者は決まった時間内であれば好きに食事をすることができるが、唯一、夕食だけは、生徒と一部の教師が一堂に会して摂《と》ることになっていて、その際は、寮単位での着席となる。

ルネが寮エリアに戻ると、すでに食堂はオープンしていて、各寮からぞろぞろと生徒たちがやってくるところだった。

「数学の宿題やった？」

「まだ。このあとやる」

「え、それで、間に合うわけ？」

「朝、水道の水が出なくて、焦《あせ》った！」

「うちも」

「どこかの水道管が破裂したって、ネットニュースで読んだけど、その影響かな?」

「なあ、ギャラリーって、今閉鎖中だっけ?」

「そうだよ。——ほら、展示物の入れ替えをしているって、この前、寮長から言われただろう」

「マジ? 俺、あそこにあるもので美術のレポート書いていたのに」

「遅《おせ》えんだって」

そんな、種々雑多な会話をしながら、ルネの目の前を生徒たちが横切っていく。

どうやら、猫の救出に思いの外《ほか》時間を取られたようである。

(まずい——)

焦りながらエメラルド寮のほうに駆けていこうとしたルネを、その時、誰かが横合いから呼び止めた。

「ルネ——」

たたらを踏んだルネが顔を向けると、そこに、朝陽《あさひ》を浴びて大天使のように光り輝いている人物がいた。

純金のようにまばゆい金色の髪。

黎明《れいめい》の青さを思わせる澄んだ青玉色《サファイアブルー》の瞳。

なにより神の起こした奇跡のように造形の美しい顔を持つ彼は、その高貴で優美な佇まいに違《たが》わぬ身分を有している。

リュシアン・ガブリエル・サフィル゠スローン・ダルトワ。

その名が示す通り、ヨーロッパの小国の一つであるアルトワ王国の皇太子である。

先ほど、ルネが「ふつうでないのは、彼だけでいい」と思ったまさにその「彼」というのがこのリュシアンのことで、至ってふつうの生活をしてきたルネにとって、皇太子という身分の彼は、完全に異質で別次元を体現する存在だ。

ふつうはそんな人間と知り合うきっかけなどないはずで、実際、ルネと彼は寮が違うため、同じ学年であっても近しく話をすることはしばらくなかった。ちなみに、リュシアンはダイヤモンド寮の、しかも、そこにしか存在しない特別棟の住人で、それだけでも一般の生徒からするとおいそれとは声をかけにくいものがある。

だから、いつも遠目《みため》に見ていた。

ドラマや映画を観《み》るように、自分の知らない世界に住んでいる彼を、憧《あこが》れと好奇心をもって眺めていた。

あの時までは――。


「――デサンジュ、大丈夫かい⁉」

それが、始まりの一言であった。

それから、急速に親しくなっていき、まるで、互いを運命の相手《ソウルメイト》と認識でもしたかのように、よく一緒に話をするようになっていった。

(考えてみれば、それもターコイズのおかげかな?)

とにかく、一年前、まだ日本にいた頃には考えもしなかったことだが、ルネはこうして一国の皇太子と友人になり、今に至っている。

人生、なにが起きるかわかったものではない。

近づいてきたリュシアンを見あげながら、ルネが挨拶《あいさつ》する。

「えっと、おはよう、リュシアン」

「おはよう」

優雅に応じるリュシアンの背後には、アルトワ王国から遣わされた護衛兼従者で、かつ彼らの同級生でもあるジュール・アンブロワーズ・エメの姿もあったため、ルネは彼にも挨拶した。

「おはよう、エメ」

「おはようございます、デサンジュ」

そんな二人のやり取りを待ってから、リュシアンが「今朝《けさ》は」と続けた。

「手ぶらなんだね、ルネ」

そう告げたリュシアンからは、ほのかに石鹸《せっけん》のような心地よい香りがした。おそらく今朝も日課であるジョギングを終え、部屋でシャワーを浴びてから制服に着替えて来たのだろう。

その時間差を思い、ルネはふたたび焦り始める。きっと同室のアルフォンスもとっくに起き出し、部屋でイライラしながら待っているはずだ。

「――手ぶら？」

どこか心ここにあらずといった体《てい》で訊《き》き返したルネに対し、リュシアンが「うん」とうなずいて言う。

「ほら、前に朝の散歩から戻った時は、手に銀の小箱を持っていたから――」

「……銀の小箱」

指摘され、ふとそのことに意識が向いたルネであったが、リュシアンは別のことに気づいたらしく、「ああ、でも」と身体《からだ》を折り曲げながら続けた。

「手ぶらではあるけど、今朝は服に泥がついている。――君、もしかして、どこかで転んだ？」

尋ねたついでに、ルネの制服についた泥を手で払い落としてくれる。

「あ、うん。――そういえば、転んだ」

正確には木から落ちて尻餅をついたのだが、結果はほぼ同じだ。

慌てて自分でも泥を払いながら、ルネが言う。

「ありがとう。――でも、もう大丈夫だから、僕、そろそろ行くね。たぶん、アルが部屋で痺《しび》れを切らしている」

「それは大変だ」

ルネの言いたいことを察したらしいリュシアンが、苦笑を浮かべて送り出す。

「とりあえず、もう転ばないように気をつけて」

「うん」

そんな会話を最後にルネと別れたリュシアンのそばでは、エメが、プラチナルチルを思わせる銀灰色の瞳で走り去るルネの後ろ姿を眺めていた。

「待たせたね、エメ。行こうか」

「待つのは構いませんが――」

リュシアンの一歩後ろについて歩きだしながら、エメが「ただ」と忠告する。

「くれぐれも、泥のついた手で食べ物に触らないでくださいね」

「わかっているよ」

リュシアンが疎《うと》ましそうに言い返す。

「食堂に入る前に手を洗えばいいんだろう?」

「そうですね。――まあ、言わせてもらえば、余計なことをするから、余計な手間がかかるんですけど」

「うるさいな。人の親切心にケチをつけないでくれないか？」

「親切も、過ぎればお節介になりますから」

「そうだけど、今の場合は、違うだろう」

「どうですかねえ……」

手洗い場で手を洗っていたリュシアンが、そのやり取りに呆《あき》れてつぶやいた。

「──あまのじゃく」

かように、二人は、一国の皇太子とその護衛兼従者という関係でありながら、幼い頃から一緒に育ってきたこともあって、ふだんの会話はかなりフランクなものになっている。

「それで」

手を振って水滴を払うリュシアンに横から真新しいハンカチを差し出しながら、エメが問いかける。

「明らかに先を急いでいる人間をわざわざ呼び止めてまで話したかったことって、なんなんです？」

「別に」

礼を言うわけでもなく使い終わったハンカチを返したリュシアンが、答えた。

「特にないよ」

「つまり、用もないのに、急いでいるデサンジュを呼び止めたんですか？」

「そうだね。一言挨拶がしたかったから」

あっさり応じたリュシアンが、「友だちなんて」と続ける。

「そんなもんさ」

「……友だち」

繰り返したエメが、チラッと背後を振り返りながらもう一度つぶやく。

「なるほど、友だちねえ」

一方。

エメラルド寮にある自分の部屋に駆け込んだルネは、入ったとたん、バンッと乱暴にドアを閉める音に迎えられ、ビクッと首をすくめた。ちょうど同室者《ルームメイト》のアルフォンスが洗面所から出てきたところで、不機嫌さ満載の表情をした彼は、ルネに気づいてさらに表情を険しくする。

「――お前、どこに行っていたわけ？」

紅茶色の髪にオレンジがかった琥珀色《こはくいろ》の瞳。

ケルト系のすっきりとした顔立ち。

アルフォンス・オーギュスト・デュボワ――通称「アル」――は、同級生の中でも背が高く、なんとも魅力的な人物であったが、同時にキレやすく、非常に扱いにくい生徒として有名だった。入学早々二度も部屋替えをするという異例の事態を招いたのも、その性格が災いしてのことである。

「――びっくりした」

そう言ったルネに、アルフォンスが呆れ返ったように言い返した。

「びっくりするのは、こっちだ。――洗面所にいると思って待っていたのに、お前、いないし」

つまり、起きた時にルネの姿が見えなかったため、先に洗面所を使っていると考え、しばらく待っていてくれたのだろう。

朝の洗面所の奪い合いは、同室者《ルームメイト》のいる第一学年と第二学年では熾烈《しれつ》を極める。

ゆえに、この場合、完全にルネが悪い。

ルネ自身、これほど遅く戻るつもりはなかったため、謝るしかなかった。

「そうか、ごめん」

そんなルネに、アルフォンスが畳みかける。

「で、どこに行っていたって？」

「散歩」

「――また？」

「うん」

「もの好き」

一言で評したアルフォンスが、あっさり身を翻す。

「ほら、とっとと行くぞ」

「あ、先に行って」

とたん、アルフォンスが眉《まゆ》をひそめて振り返ったので、ルネは慌てて付け足した。

「途中で猫とか触ったから、顔を洗って着替えてから行きたいんだ」

それに対し、アルフォンスは天を仰ぐ仕草をしてから乱暴にドアを閉めて出ていく。その際一言、言い残した。

「食い損なっても知らないぞ」

好意的に解釈すれば、彼なりの心配の仕方といえるが、単純に予定を乱すルネにイライラしているだけかもしれない。

この半年でかなり妥協し合えるようになってきたとはいえ、言ったように、アルフォンスというのは少しキレやすく、ふつうの人間にとっては非常に付き合いづらい性格をしている。

それでも、ルネを始めとしてそばにいようとする人間が多いのは、難儀な性格を補って余りある魅力があるからだろう。

アルフォンスは、言ってみればダイヤの原石だ。

磨けば磨くほど輝きを増すはずで、今は研磨の真っ最中というところか。

ただし、知っての通り、ダイヤモンドはもっとも硬い鉱石であるので、磨くほうも一苦労である。下手《へた》にぶつかれば、怪我をするのはぶつかったほうであり、それを覚悟の上で近くにいるという意味では、彼のまわりには、自然と磨きがいのある奥深い人間だけが残されていく。ある意味、得な性格と言えよう。

もっとも、だからといって、彼と同じことを他の人間がやったら、おそらくただ嫌われて終わるはずだ。これは、やはりアルフォンスという特異な存在だからこそ成り立つことなのだろう。

そんなことを考えながら洗面所の蛇口をひねったルネであったが、なぜか、水がちょろちょろとしか出ない。

「──え、嘘《うそ》」

慌ててさらに蛇口をひねるが、水の量は変わらない。

（そういえば……）

先ほど通り過ぎた生徒が、部屋の水が出なくて焦ったと言っていた。どこかの水道管が破裂したようなことも話していたはずだ。

どうやら、その被害は広範囲に及んでいるらしい。

アルフォンスの機嫌が悪かったのは、ルネの不在に加え、この現象にも原因があったのだろう。

「うわ。この忙しい時に勘弁してほしい――」

おかげで汚れた手や顔を洗うのに時間がかかり、それから大慌てで着替えたルネは、そのまま部屋を出ようとしてふと立ち止まり、数歩戻って自分の机の抽斗《ひきだし》を開けた。

この土壇場で彼が気にしたものとは、なんなのか。

抽斗から取り出したのは、銀色に輝く小箱であった。

実は、先ほどリュシアンに言われてから、ルネはこの小箱のことがずっと気になってい て、忘れないうちにあることをたしかめてみようと思ったのだ。

蓋《ふた》に美しいターコイズのはまった精緻な装飾のある小箱は、「女神からの返礼の品」というのに相応《ふさわ》しい佇まいをしていて、しかも、以前、その中に入っていた指輪がその後の騒動のもととなったため、もしかして、今回もそこになにか入っている――出現しているると言ったほうが正確だが――のではないかと考えたのだ。

だが、中は空だった。

（やっぱり、なにもないか……）

今もって、今朝の夢にはなにか特別な意味があるように思えていたのだが、どうやらそうではないらしい。

そこで蓋を閉めて抽斗に戻そうとしたルネは、「あれ」とつぶやいて手を止めた。それから、蓋の上を指でなぞりながらひとりごちる。

「……こんなところに、こんな宝石ってあったっけ？」

それは、蓋の中央にはまったターコイズの右斜め上あたりにあった。

うっすらと水色をした透明な宝石が、キラキラと輝きながらそこにちんまりと納まっている。ただ、中央にでんと構えるターコイズほどは目立たないため、前に見た時は、たんに見落としただけという可能性もなくはない。

「……まあ、ふつうに考えたら、最初からあったんだろうな」

宝石が勝手に増えるとも思えないため、ルネはそう考えて納得することにした。

それから、改めてその宝石を眺めて言う。

「これって、ジルコンかな……？」

もしジルコンなら、いささか思うところがないわけではなかったが、その時、外の廊下を寮生たちが声高に話しながら通り過ぎるのが聞こえ、ルネはハッとする。

おそらく、食堂に一番乗りをした生徒たちが、朝食を終えて戻ってきたのだろう。

つまり、こうしているうちにも、時間は刻々と過ぎているということだ。

アルフォンスの言葉ではないが、本当に朝食を食べ損なうのは、たとえルネでも耐えられないことであるため、急いで小箱を抽斗にしまうと、彼は部屋を飛び出した。

3

週明け。

図書館の地下にある書庫に、なんとも理不尽そうな声が響く。

「せっかくの昼休みなのに、なんで、僕たちまでこんなことをやらされないといけないのかなあ」

声の主は、エリク・ビュセル。丸顔で背はあまり高くなく、茶髪に榛色《はしばみいろ》の瞳をした社交的な青年だ。

そのエリクと同室のドナルド・ドッティが「まあ」と達観した口調で応じる。

「間違いなく、アルの仲間と思われているからだろうね」

エリクとは対照的にひょろりと背が高いドナルドの、くすんだ金髪はいつももじゃもじゃしていてあまり手入れをされている風には見えないが、眼鏡《めがね》の奥の薄靄色《ヘイズブルー》の瞳は知的好奇心に輝いていて、どこか学究肌の人間を思わせる佇まいをしている。

古い本を段ボール箱に投げ込んだエリクが、さらに理不尽そうに「え〜」と返した。

「隣の部屋っていうだけで⁉」

それだけでなく、おそらく、この一年近く、彼らが基本的に一緒にいたから「仲間」と見做《みな》されているのだろうが、今のエリクにはなにを言っても通用しそうにない。

そんなエリクとドナルドは、彼が言ったように、ルネやアルフォンスとバスルームを共有する隣人である。

サン・ピエール学院では、ダイヤモンド寮の特別棟以外、寮の部屋の造りはどこも一緒で、二つの部屋がバスルームをはさんで繋《つな》がる形になっている。そこに、第一学年と第二学年は、一部屋に二人ずつ、計四人が同じバスルームを共有しながら暮らし、第三学年以上は一部屋を一人で使い、隣人とバスルームを共有する形式になっていた。

四人がひとくくりになる利点は、慣れない環境でひとまず仲間を作りやすいことにあるのだが、半面、呉越同舟的な連帯責任を負わされやすく、仲間内に問題児がいるとなかなか大変なことになる。

そして、彼らの隣人であるアルフォンスは、かなりの問題児であった。

エリクが「まあでも」と妥協した。

「世界地図のあちこちに黄色いアヒルが出現したのは面白かったけど……。地理のダグラス先生、最初、ぜんぜん気づかないし」

「たしかに。みんな、笑いをこらえるのに必死だったよ」

ドナルドが同調し、奥のほうで本の仕分けをしていたルネも、その時のことを思い出してクスッと笑う。

それは、午前中の地理の時間に起きたハプニングだ。

大画面に映し出された世界地図を使い、地理の教師であるダグラスがパソコンを操作して各国の人口比率などを示そうとした際、なぜか、そこに必ず黄色いアヒルのイラストが登場したのだ。

画面上に意味なくアヒルが現れる以外は問題がなかったため、授業はそのまま進められたのだが、調査の結果、それがアルフォンスの仕込んだウィルスが原因であったと判明したため、彼に罰がくだされた。

その罰というのが、図書館の地下にある書庫の片付けで、その際なぜか連帯責任ということで、同室者《ルームメイト》のルネはもとより、隣人であるエリクとドナルドまでもがここで一緒に片付けをする羽目になったのだ。

「楽しんだんならいいじゃないか」

悪びれた様子もなく言い返したアルフォンスに、エリクが「ぜんぜん、よくないよ」と文句を言う。

「僕、昼休みのうちに、課題図書を読んでおきたかったのにさ」

世界各国から生徒が集まるこの学校では、入学の条件として、英語で授業を受けられる程度の語学力を求められるのだが、それを踏まえた上で、語彙力《ごいりょく》アップのために、一年間で読破すべき課題図書が決められている。

しかも、それが結構な量であるため、毎年、学年末になると、休み時間を返上して読《よ》み漁《あさ》らないといけない生徒が出てくるのだ。

ドナルドが、眉をひそめて訊き返す。

「あと何冊残っているんだ？」

「……えっと、三十冊かな？」

「三十⁉」

驚いたように繰り返したドナルドに、エリクが慌てて「あ、いや」と言い直す。

「三十一かもしれない」

「どっちにしろ、今すぐ読み始めたほうがいいね」

ドナルドの助言に対し、アルフォンスが鼻で笑って応じる。

「なら、とっととここを片付けろ」

決して、「それなら、ここはいいから」と言わないところが、彼らしい。

だが、言われた側にしてみれば、「いったい誰のせいだ？」と言いたいところである。

そんな傍若無人とも言えそうなアルフォンスに、ドナルドが「それはそうと」と尋ねた。

「話はぜんぜん変わるけど、アルは、そもそもどうやって、ダグラス先生の資料に悪戯《いたずら》できたんだい？」

「あ、それ、僕も思った」

エリクがふたたび本を段ボール箱に投げ入れながら言い、「まさか」と問う。

「ハッキングしたとか？」

「ああ、したよ」

「マジで？」

「マジで」

「どうやって？」

興味津々といった様子で訊いてくる友人たちに向かい、アルフォンスが「あいつ」と仮にも教師を「あいつ」呼ばわりして説明する。

「この前、図書館で俺の隣に座っていたんだけど、そこで、びっくりしたことに、周囲の目も気にせずパソコンにログインしたんだよ。——だから、その場でパスワードを盗み見て覚えてやった」

「へえ、不用心」

エリクの感想に対し、ドナルドが「だけど、それって」と尋ねた。

「四桁《けた》のパスコード？」

「いや」

頭上の本を取りながら、アルフォンスが答える。

「英数字合わせて十桁以上はあったかな」

「つまり、ガチなパスワードってことか」

「ああ」

うなずいたアルフォンスが、「まあ」と推測する。

「だから、あいつも、人前でログインしても大丈夫だろうと高をくっていたんだと思うが」

「だけど、そうか、十桁以上って……」

驚いたエリクが、目を丸くしてアルフォンスを見つめる。

「それを、アルは、キーボード上の指の動きを追うだけで記憶したってことだよね？」

「そうだが」

「なにか問題でも？」と言いたげなアルフォンスに向かい、エリクが感心して言う。

「すごい記憶力」

言ったあとで、「え？」と疑問を投げかける。

「もしかして、アルって、天才？」

それに対し、本人ではなくドナルドが答えた。

「きっと、アルは、右脳で記憶するタイプなんだろう。――ああ、もしかして、左脳に比べて右脳が異様に発達しているのかな？」

付け足された言葉を深読みしたアルフォンスが、「それって」と訊き返す。

「理性を司《つかさど》る左脳が萎縮《いしゅく》していると言いたいのか?」

「いや」

肩をすくめたドナルドが、曖昧《あいまい》に否定する。

「別に、そうは言ってないけど」

「そうか?」

オレンジがかった琥珀色の瞳でジロッとドナルドを睨《にら》んだアルフォンスが、「俺には」と険呑《けんのん》に続けた。

「そうとしか聞こえなかったが」

「なら、好きに取ってくれていいよ。僕は気にしないから」

ピリッとした空気をものともせずに、ドナルドは告げる。

ルネやエリクは、こういう時、アルフォンスの感情の起伏に左右されやすく、色々と気を遣ってしまいがちだが、ドナルドは、かようにどこか飄々《ひょうひょう》としていて、アルフォンスに限らず、相手の機嫌などまったく頓着《とんちゃく》しないことが多い。

ある意味、鈍感なのだ。

それを「ドナルド流」に言うなら、「左脳が発達している」のだろう。

ただ、ドナルドがいつもこんな調子であるおかげで、アルフォンスを中心とするこの小さな集団は均衡を保ってきたと言っても過言ではない。

偶然部屋が一緒になったり、あるいは隣同士だったりした彼らであったが、それぞれまったく違う個性を持ちつつ、それが絶妙のバランスで互いを結びつけ、この一年、とてもいい塩梅《あんばい》で関係を築いてこられた。

このまま行けば、同じメンバーで来期もうまくやれそうだ。

廃棄処分のリストに載っていた本をまとめて司書のところに運んだルネがそんな安堵感《あんどかん》を抱いていると――。

はらり、と。

彼の手元から、一枚の紙が落ちた。

その時、ルネは、廃棄処分にされてはもったいないと思った装丁のきれいな本を、司書の許可を得て譲り受けていたのだが、その紙片は、どうやらその本から落ちたものらしい。

それは、空気の抵抗を受けながらゆっくりと床の上に着地する。

（……なんだろう？）

本の一ページにしては小さいので、おそらくメモだ。

拾いあげると、やはり古い厚みのある紙に書かれたメモであったが、フランス語かなにかであるらしく、ルネには読めない。

そこで、そのメモを持ってアルフォンスのそばに近づいていく。

「ねえ、アル」

「――なんだ？」

ドナルドとのやり取りでいささか不機嫌になっていたらしく、アルフォンスは仏頂面《ぶっちょうづら》のまま振り返った。

その鼻先にメモを差し出しながら、ルネが訊く。

「これ、なんて書いてあるか、わかる？」

「ああ？」

面倒くさそうな素振りを見せながらもさっと目を通したアルフォンスは、ふいにそれまでとは違った意味で強張《こわば》った表情になり、オレンジがかった琥珀色の瞳でルネのことを睨んだ。

「――お前、こんなもん、どこで手に入れたんだ？」

詰問口調で問われ、ルネがどぎまぎしつつ答える。

「どこって……、えっと、たぶん、この廃棄処分になるはずだった本に挟まっていたんだと思う。――ほら、見ての通り」

言いながら、本をひっくり返して表紙のほうを見せて説明した。

「装丁が変わっていてきれいだから、捨てるのも惜しくて、もらったんだよ」

他の二人にも見やすいように手にした本を掲げるルネの前で、アルフォンスの横からメモを覗《のぞ》き込んだエリクが、フランス語を英語に訳す。

ちなみに、アルフォンスとエリクの母国語はフランス語で、ドナルドは英語だ。

「なになに、『人を惑わす太陽の雫《しずく》よ』、う〜んと『知られてはならない秘密とともに迷いの道』——でいいんだよな？」

どうやら、そのあたりの訳し方がいささか心許《こころもと》なかったらしく、エリクは首をかしげつつ続けた。

「『迷いの道の下に眠れ』——、だってさ」

そこで、顔をあげ、「な〜んか」と軽い口調で感想を述べる。

「意味深」

だが、いつもならすぐに反応するドナルドが黙したまま口元に手を当てて考え込み、アルフォンスはアルフォンスで相変わらず気難しい顔で黙り込んでいる。

そんな二人に挟まれたエリクが、眉間《みけん》にしわを寄せて言った。

「え、なんだよ、二人とも、怖い顔をして。——これが、どうかしたの？」

問いかけてみるものの、やはりどちらからも返事はなく、なんとも気まずい沈黙が広がる中、昼休みの終了を知らせる鐘が鳴ったため、彼らはどこかぎくしゃくしたまま、書庫をあとにした。

4

その夜。

寝支度を整えていたルネは、机の上に置いたままにしてあった本に気づいて、それを手に取りながら言う。

「そういえば、あのメモだけどさ、アル。書いた人は、いったい誰になにを伝えたかったんだろうね？」

ルネは、そのことに興味を覚えていた。

どこの誰が書いたものかもわからない。

廃棄処分になるくらいなので、長らく借り手もいなかったものだろうから、現在在籍している生徒や学校関係者が書いたメモではないはずだ。

紙の質からしても、もっと古い時代だ。

親の代か。

あるいは、それより前の祖父や曾祖父の時代であってもおかしくない。

そんな古い時代の誰かの想《おも》いが、時を超えて彼らのところに届いた。

——人を惑わす太陽の雫よ。知られてはならない秘密とともに迷いの道の下に眠れ。

取りようによっては、恋文と取れなくもない。

だとしたら、このメモを書いた人物は、禁断の恋に陥っていたのかもしれない。昔は今ほど恋愛が自由ではなかったから、想いを告げられずに苦しみ、秘密にしておかなければならないとわかりつつも誰かに知ってほしくて、こんなメモを残した。

だが、結局、今に至るまで人目に触れることはなく、ようやくこうして日の目を見ることができたのだとしたら、このメモをルネが手にしたのは、偶然か。

それとも、必然だったのか。

思いを巡らせるルネに対し、自分のベッドの上でタブレットを操作していたアルフォンスが、顔をあげ不機嫌そうに返した。

「——突然、なんだ?」

それで現実に引き戻されたルネが、眉をひそめてアルフォンスを見つめる。

「なんだって、なに?」

「だから、なんのつもりかって訊いているんだよ」

「なんのつもりって……」

意味不明だったルネが、戸惑い気味に答える。

「ただ興味があるから言っただけだけど……。アルこそ、さっきから、なにをそんなに苛《いら》立《だ》っているの？」

ルネがこのメモを見つけて以来、アルフォンスの機嫌はよくない。

なにに対して苛立っているのかはわからないが、原因の一つは、どうやらルネがこの本をいつの間にか手に入れていたことにあるらしい。口に出しては言わなかったが、叶《かな》うのなら、譲ってほしいと思っているようにも感じられた。

そして、こんな時、いつもなら無言の圧力に屈する形で本やそこに挟まっていたメモを譲ってしまうのだが、なぜか今日に限り、ルネも依怙地《いこじ》になっている。一学年の終わりにきてついに、ルネの中でアルフォンスに対するささやかな反抗心が芽生え始めているのかもしれない。

（だって、結局、アルの機嫌が悪くなるのは自分の思い通りにならない時で、要はただの我《わ》が儘《まま》だから――）

それにいちいち振り回されていたら、たまったものではない。

そんなことを思うルネに、アルフォンスが口の端を曲げて言う。

「別に、苛立っちゃいない」

「嘘だね」

ルネは、言い返した。

「夕食の時からずっとぎすぎすしていて、すごく感じ悪いよ」

「──悪かったな」

アルフォンスがオレンジがかった琥珀色の瞳を光らせて、ルネを睨みつける。

その陰に籠《こ》もった威圧感に、ルネはとっさに自分の発言を後悔するが、不思議と詫《わ》びる言葉は口をついて出てこない。

そこで、ルネも黙ったままアルフォンスを見返した。

自分では気づいていないが、ボトルグリーンの瞳が揺れるような輝きを帯びる時、ルネという存在は、まるで異世界の住人のような、どこかこの世にあるまじき超然とした雰囲気を帯びる。

ルネを中心に世界の軸がずれていくような感じだ。

いつもと違うルネの反応に、アルフォンスが一瞬変な表情になり、ややあってタブレットの操作に戻りながら告げた。

「──まあ、所詮《しょせん》、お前も『デサンジュ』の人間ってことか」

「『デサンジュ』の人間？」

ルネが眉をひそめて訊き返す。

「なにそれ？」

もちろん、それがルネの名字であることは、重々承知だ。

ただ、今のアルフォンスの言いかたには、ルネの名字という以上の意味合いが込められている気がして、そのことに戸惑いを覚えたのだ。

もともと、ルネは「デサンジュ」の名前にあまり馴染《なじ》んでいない。

というのも、戸籍上は生まれた時から「ルネ・イシモリ・デサンジュ」であるのだが、日本の学校に通っている間は、教師たちと相談の上、便宜上「石守琉音《いしもりるね》」の名前で通してきたからだ。

対照的に、ヨーロッパには長い歴史の中で培われた名家同士の複雑な対抗意識や付き合いというものがあるらしく、彼らの間では名字に対するこだわりが強い。

この学校の創立者集団である「サンク・ディアマン協会」も、そんな名家のいくつかで作られていて、アルフォンスの実家であるデュボワ家と、ルネもその末端に属するデサンジュ家は、その筆頭格であった。

ゆえに、家同士の確執のようなものは当然ある。

ただ、これまでアルフォンスは、ルネのことをデサンジュ家の人間とは見做していないようであったし、分家筋であるルネ自身、この学校にいるデサンジュ家の親戚《しんせき》に対し、さほどの親近感を抱いているわけではなかった。

ルネが主張する。

「どういう意味かわからないけど、僕は僕だよ」

それに対し、アルフォンスは冷めた声でつぶやいた。

「どうだかね」

それから、とても意地悪く付け足す。

「そもそも、お前って誰にでもコロコロなつく、いわば『八方美人』だし」

だから、信用できないと言いたいのだろう。

その言い様は、このところ少し収まりかけていたリュシアンとルネの関係性に対する揶《や》揄《ゆ》が再燃したものであるように思われ、ルネもついムッとして言い返した。

「そうだとしても、アルみたいに『八方不美人』になるよりかは、マシだからいい!」

売り言葉に買い言葉。

ここにきて、二人はかつてないほど険悪なムードに突入した。

5

翌日の昼休み。

アルフォンスは、一人で図書館にやってきた。

近年、新たに建設された図書館は、機能的で使いやすく、生徒たちに人気がある。

ただし、アルフォンスが足を踏み入れたのは、一般図書が置かれた階上の快適なフロアではなく、階段を降りた先にある地下の資料室だ。

地下の大半は、昨日、彼らが片付けをさせられたような書庫が連なっていて、白熱灯に照らされる様子は、どこかもの淋《さび》しい。

だが、地下にあるのはそれだけでなく、奥にひっそりと、学生証を機械に提示しないと入室できないエリアがあった。その中はさらにいくつかのエリアに区分され、それぞれ湿度管理が必要とされる古書が保存されている。その多くは決して高価で絢爛豪華《けんらんごうか》なものではなかったが、修道院時代からの備忘録などが含まれているため、資料としてはなかなか貴重だ。

そこの一区画に、アルフォンスの目指す「寓意図《ぐういず》」はあった。

ちなみに、この部屋にある資料は、入学して半年以上経《た》った生徒で、かつラテン語の読める生徒なら誰でも自由に閲覧できる。ラテン語が条件にあるのは、もちろん、書かれているのがほとんどラテン語であるため、読めなければ来る意味がないからだ。

ここで調べられるのは、アルフォンスが目的とする「寓意図」を始め、これまで集められた「賢者の石」に関する図書類であった。

では、そもそも、「寓意図」とはなんなのか――。

一言で説明するのは難しいが、概略としては以下の通りである。

今から五百年以上前――。

この地に、ある男が「賢者の石」をもたらした。

男の名前は、ニコラ・フラメル。

希代の錬金術師として、フランスではそれなりに有名な歴史上の人物で、パリには彼にまつわる史跡も残されているくらいだ。

ただ、実を言えば、それはあくまでも伝説に過ぎず、史実としてニコラ・フラメルがこの地を訪れたという証拠は見つかっていない。

それなら、なぜ、そんな伝説が生まれたのか。

理由としてあげられるのは、十七世紀、パリでニコラ・フラメルのことを研究していたピエール・グロスパルミという名の修道士が、まだ世に出ていない彼の著書を見つけたと主張しているからだ。

ただし、その著書自体は、十七世紀から現在に至るまで一度も表に出てきたことはなく、あくまでもピエール修道士が「見た」と言っているに過ぎない。

とはいえ、ニコラ・フラメルの著書を見たと主張するピエール修道士が残した著作は見つかっていて、それを手に入れたのが、アルフォンスの先祖を始めとする、かつての「サンク・ディアマン協会」の面々だったのだ。

彼らは、極秘にその著作を調査し、結果、この学校の経営に乗りだした。

なぜなら、ピエール修道士の言を信じるなら、かつて、ニコラ・フラメルがこの場所に建っていた修道院を訪れ、「賢者の石」をどこかに隠したとされているからだ。そして、彼が隠した「賢者の石」を探すための指標となるのが、ピエール修道士の著作にあった「寓意図」なのだ。

一般的に「寓意図」というのは、絵としての芸術性は低いが、そこに描かれた事柄が象徴的で、それぞれの謎への解答が示されているものである。

十七世紀頃に急速に発達したが、「寓意図」そのものは昔から存在した。

そもそも、絵というもの自体、文字が発達するまでは伝達手段の一つであったし、数千年の時を経て、ふたたび「ピクトグラム」という人類共通の伝達手段として注目を集め始めている。

つまり、「寓意図」は、本来の絵の在り方に近いものであると言えよう。

そして、ニコラ・フラメルという希代の錬金術師が「寓意図」とは切っても切れない関係にあったことから、かつての「サンク・ディアマン協会」の面々は、彼らが手に入れた「寓意図」こそ、もともとピエール修道士が目にしたというニコラ・フラメルの著書の中にあったものだとし、そこに「賢者の石」を探す手がかりを見出そうと躍起になってきたという歴史がある。

もっとも、ここにある「寓意図」は欠品しているものが多く、謎を読み解くのは困難を極める。

それで、アルフォンスの父親を始め、近年は、まともに「賢者の石」を探そうとする人間はいなくなっていたのだが、ここに来て、そんな彼らの考えを一変させるような事態が発生した。

その事態というのが――。


(あれから、もうすぐ一年か……)

アルフォンスは、棚から「寓意図」を取り出しながら、この一年を振り返る。

夏休みもあるので、正確にはまだ一年は過ぎていないのだが、学年末に来て、入学当初の頃を思い返す時は、たいてい一年前のこととして想起する。

そして、彼らが入学して一月以上が経った十月某日、この学校ではなんとも不思議な事件が起きた。

何百年という長い年月、理由がわからないまま止まっていた置き時計が、ある朝、突然動きだしたのだ。

しかも、「ホロスコプスの時計」と呼ばれるその置き時計は、「賢者の石」を探す上で非常に重要な役割を担うものとされてきたため、それが動きだしたというニュースは在校生のみならず、この学校を卒業した多くの大人たちをも動揺させ、俄然《がぜん》、広い範囲にわたり「賢者の石」への探求欲が高まった。

だが、その後行われた綿密な調査にもかかわらず、なぜ時計が動きだしたのか、また誰が動かしたのかもわからないまま、数ヵ月後、次の事件が起きた。

「寓意図」の順番として二番目のヒントにあたる、一連の絵が示す指輪が出現したのだ。

「サモス王の呪《のろ》いの指輪」だ。

しかも、諸般の事情から、それはアルフォンスのところに災いとともにもたらされ、少なからず彼を奮起させる結果となった。

なにせ、アルフォンスは、「賢者の石」を探すために結成された「サンク・ディアマン協会」の一員であるデュボワ家の跡継ぎだ。当然、この学校にいる間に「賢者の石」を見つけだすという野望を抱いていた。

それは、彼に限ったことではなく、「サンク・ディアマン協会」に名を連ねる名家の子息たち――ドッティ家のドナルドや従兄弟《いとこ》のセオドア、デサンジュ家の直系長子である第五学年のサミュエル・デサンジュなども同じであるはずだ。

そんな中、指輪は彼の前に投げ出された。

それが、どんな意味を持つのか。

ただ、残念ながら、最終的に「寓意図」の謎を解いたのは、またしても誰かわからない謎の人物であり、アルフォンスは、ある意味、目の前でトンビに油揚げをさらわれたようなものであった。

ゆえに、今度こそ、彼の手で「寓意図」の謎を解きたい。

謎を解き、「賢者の石」への道標《みちしるべ》となるものを手に入れたい。

それだというのに、新たな動きの端緒になると思われるメモを手にしたのは、彼ではなくルネだった。

では、なぜ、あのメモが「賢者の石」に至るまでの新たな動きの端緒になると考えられるのか。

それは、メモに書かれた言葉にある。

「『人を惑わす太陽の雫よ』――か」

つぶやいたアルフォンスは、実を言えばその出だしの文句を見たことがあった。

おそらく、アルフォンスだけでなく、あの時、急に黙り込んでしまったドナルドも同じだろう。

なぜなら、それとまったく同じ言葉が、今、アルフォンスが見ている「寓意図」の中にラテン語で書かれているからだ。

その「寓意図」は、三番目のヒントの一つと考えられていて、この三番目のヒントについては、ここにある一枚しか「寓意図」が存在しない。

本来、「寓意図」は三枚が一組とされていて、それが全部で七組あると考えられている。だから、新たな「寓意図」が見つからない限り、三番目の謎を読み解くのはほぼ絶望的であると思われてきたが、あのメモは、その予想を覆し、誰かが以前に謎を解いていたと考えられるものだった。

そんな重大なメモを、なぜ、ルネが見つけたりするのだろう。

ルネが、あのメモを「寓意図」と結びつけていないのが、せめてもの救いである。

（だけど、考えてみれば……）

アルフォンスは、改めて思い起こしてみた。

前回の騒動で、彼らの部屋にあった「サモス王の呪いの指輪」に新たな宝石を細工できた人間として、当然、その部屋の住人であるアルフォンスとルネが筆頭候補に挙げられているわけだが、そのうち、アルフォンスは自分でないことがわかっているので、残される可能性はルネである。

（あれは、もしかして、ルネの仕業だったのか？）

なんと言っても、アルフォンスがデュボワ家の人間であるように、ルネもデサンジュ家の人間なのだ。興味がないような素振りの裏で、実は着々と「賢者の石」に近づく努力をしていてもおかしくない。

そんな疑いがルネへの不信感をもたらし、昨日の喧嘩《けんか》へと繋がった。

先ほどの昼食の時も、いつものメンバー――彼とルネ、隣人のエリクやドナルドが一緒であり、それなりに話は弾んでいたようだが、最後までルネとアルフォンスが直接会話をすることはなかった。

そのことに他の二人も気づいていたようだが、たぶん、よくあることとして気にしていないのだろう。

あるいは、諦《あきら》めているのか。

それくらい、特にアルフォンスは扱いにくい人間だ。おかげで、入学早々部屋替えを二度もして、ルネと同室になったことで、ようやく落ち着くことができた。

ただ、この学校では、第一学年から第二学年にあがる際、大々的に部屋替えが行われることになっている。

第三学年以上は個室になるため、これ一回きりの話なのだが、同室になった相手との相性が悪かった時に、その救済策として行われる部屋替えである。

事前のアンケートで部屋替えの希望を五段階の程度で調査し、それに応じて運営側があれこれ調整し実施する。希望者の理由には、せっかくの機会だから、友だちを増やすためにも部屋替えがしたいという前向きなものもあるので、全部が全部、不仲ゆえの部屋替えということではない。

その結果、毎年、半数以上の者たちが、ここで部屋替えをすることになるのだ。

アルフォンスは、ふと、ルネはどうするだろうと考えた。

このところ、二人の関係はずっと良好であったから、間近に迫った部屋替えのことなどまったく念頭になかったが、昨日からの喧嘩が長引けば、ルネも、なんだかんだ部屋替えを希望するようになるかもしれない。

それでなくても、この一年、ルネがアルフォンスに振り回されて苦労していたのは誰の目にも明らかだった。

ふいに、アルフォンスは、滅多になく途方に暮れたような気持ちになる。

こんなことは、初めてだ。

そんな自分に驚きつつ、彼は皮肉げにつぶやいた。

「――いったい、俺はなにをしているんだ？」

と、その時。

唐突に、彼がいる資料室の扉が開き、一人の生徒が入ってきた。

アルフォンスより背は低いが、制服のこなれ具合から見て歳《とし》は上だろう。ただ、態度物腰におどおどした卑屈さがあり、あまり年上の貫禄《かんろく》は有していない。

アルフォンスは、その顔に見覚えがあった。

名前は覚えていないが、たしか、エリクの指導上級生であるはずだ。

指導上級生というのは、入学したての第一学年の生徒が、学校に馴染みやすいように割り振られる案内役のような生徒のことで、学校に馴染んできた第三学年の生徒がその役を担う。

当然、アルフォンスにも指導上級生がいるが、とっくに匙《さじ》を投げられていた。

そもそも、「指導」とは名ばかりで、要は、右も左もわからず、誰になにを訊けばいいのかもわからないような新入生が安心して質問できるように、ひとまずの窓口として存在しているだけで、彼ら自身が、なにか問題を解決したり、指導する下級生に対して責任を負ったりするわけではない。

ゆえに、熱心で親切な生徒は、折に触れ担当している新入生に声をかけたりするようだし、飛び抜けて優秀な生徒なら問題解決まで導いてくれるが、たいていは、新入生のほうから頼らなければ、一年間なにもしないし、する義務もなかった。

この制度については、以前から問題提起もされていて、いずれはもう少し機能的なものになっていくのかもしれないが、なにぶん、個人差のある問題で、一筋縄ではいかないだろう。

とまれ、新たな人物の登場に、アルフォンスもいささか驚いたが、相手はもっと驚いた様子で、とっさに「あ、ごめん」と謝った。

「人がいるとは思わなくて……」

その態度は、あまりアルフォンスの好きなものではない。

エリクが時おり彼と話しているのを見かけるので、それなりに役には立っているのだろうが、見る限り、ただ愚痴のはけ口になっているだけのようだった。まあ、おしゃべり好きのエリクが、ドナルドが不在の時に退屈しのぎの相手として利用しているといったところか。

アルフォンスが無言のまま、オレンジがかった琥珀色の瞳を威圧的に向けると、彼はさらに萎縮して、「えっと」と所在なげに応じる。

「そうだね。僕は、またあとで来ることにするよ」

言うなり、サッと身を翻して部屋を出ていく。

それはそれでありがたかったのだが、アルフォンスは、その生徒の消えた扉を見つめながら、小さく舌打ちする。今の生徒が、「賢者の石」の研究に夢中であるというのは有名な話で、アルフォンスも耳にしていたが、ここで会うのは初めてだ。

「どうやら――」

アルフォンスは、「寓意図」を前にしてひとりごちる。

「思った以上に、うかうかしてもいられないようだな」

6

アルフォンスが図書館の地下で資料を見ていた頃。

ダイヤモンド寮の特別棟にある第四学年のセオドア・ドッティの部屋を、従兄弟であるドナルドが訪れていた。

特別棟は、各国の王族や大統領などの子息が従者や護衛を連れて入るために準備されている部屋で、その絢爛《けんらん》豪華さはセレブの泊まるホテルのスイート並みだ。

ただし、空いていれば、それなりの対価を払うことで誰でも利用でき、全部で五つしかない部屋は、そのとんでもない金額にもかかわらず、常に満室だった。

この部屋も、セオドアが卒業したあとは同じドッティ家のドナルドが使用することが決まっていて、その時によほどの重要人物が入学して譲ることにならない限り、実現するはずである。

そんな部屋の座り心地のよいソファーでくつろいだ様子のドナルドが、紅茶のカップを片手に「というわけなんだけど」と話し終えると、向かいの椅子《いす》に座って聞いていたセオドアが身を乗りだして興味を示した。

「つまり、なんだ。この学校に、かつて三番目のヒントの謎を解いた人物がいたかもしれないってことか――？」

「そう。もちろん、あくまでも可能性に過ぎないけど……」

ひょろりとして学究肌の雰囲気を持つドナルドに対し、中肉中背で角張った顔をしたセオドアは、どちらかというと政治家向きの気質をしている。そんな二人は、少し年齢差があるものの、昔から交遊があり、口調も互いにざっくばらんなものであった。

「そのメモというのは、見られないのか？」

「今はね。でも、ルネが持っているから、言えば見せてくれるよ」

「ルネ・デサンジュか」

重々しくつぶやいたセオドアが、「それなら」と言う。

「このことが、サミュエルの耳に入るのも時間の問題ということだな」

「あ～、それはどうかな？」

チョコレートをつまんだドナルドは、粉のついた指先を軽く払って付け足した。

「ルネはまだ、あれがどんな意味を持つか、わかっていないようだったから」

「ということは、君は彼に教えてやらなかったのか？」

セオドアが面白そうに確認したのに対し、ドナルドが答える。

「うん。余計なことは言わなかったし、アルも話さなかった。――ただ、アルは、間違いなく、あれが『寓意図』の示す三番目のヒントのことだと気づいたはずだ」

「デュボワね」

そこで、セオドアが腕を組み、深く考え込みながら言う。

「正直、あの二人は、どうなんだろうな？」

「あの二人？」

「デュボワとルネ・デサンジュ」

「ああ」

納得したあとで、ドナルドがさらに訊く。

「『どう』というのは？」

「だって、考えてもみろ。今年の初めに、例の指輪がデュボワの前に出現し、その後、その指輪に欠けていた三番目の宝石がはめ込まれたのだって、他でもない、あの二人の部屋だったんだぞ」

「そうだったね」

数ヵ月前の出来事に思いを馳《は》せたドナルドが、「だけど」と言い返す。

「二人は、それについて、まったく身に覚えがないんだよね？」

「そうだが、口ではそう言っていても、事実とは限らないだろう」

政治家肌のセオドアらしい疑いに、ドナルドが承服しかねるように問い返す。

「それなら、二人のうちのどちらかが嘘をついていると？」

「どちらか一方かもしれないし、あるいは二人の共謀ってこともあり得る」

「共謀――？」

その可能性を吟味したドナルドが、小さく首をかしげて応じる。

「たぶん、それはないな。――そこまで二人の仲がいいとは思えない。さっきだって、また喧嘩したみたいで、いちおうどちらもなんでもない風を装っていたけど、その実、まったく口をきいていなかったし」

「……へえ」

意外だったらしいセオドアが、面白そうに言う。

「このところ、大きな問題を起こさないから、すっかり仲が良くなったのかと思っていたけど、デュボワとルネ・デサンジュは、いまだにさほどうまくいっているってわけでもないのか」

「そうだね。――決して仲が悪いわけではないんだけど、呆れるくらい、ぎくしゃくするのはしょっちゅうだよ」

傍観者の口ぶりで言ったドナルドが、「まあ」と感想を付け足した。

「あのアルが相手では仕方ないし、ルネはよくもっているほうだと思う」

「だけど、それなら、来期はまた部屋替えをする可能性があるということか」

「――えっと、それは、よくわからない」

ドナルドは答え、考え込みながら「ルネが」と続ける。

「やっぱり無理となったら、それもあり得るかもしれないけど……」

ただ、そうなると、ドナルドたちにとっての隣人も替わる可能性が出てくるわけで、完全に他人事《ひとごと》としてとらえていたドナルドは、唐突に身近に迫った問題に対し、なかなか複雑な心境になってくる。

考えたくもなかったが、たとえば、その部屋替えによって、チッキットなどが隣人になったりしたら――。

ドナルドが思い浮かべたロドリゴ・チッキットというのは、数いる同級生の中でもアルフォンスと双璧《そうへき》をなす問題児で、しかも、個を重視してくれるアルフォンスと違い、周囲の人間を家来のように扱う猿山の大将だ。

なんだかんだ、アルフォンスは、問題を起こしたとしても、他人の生活に過剰に干渉してくることはないため、この一年を通じ、ドナルドやエリクの生活が脅かされることはほとんどなかった。

だが、チッキットが相手では、そうはいかないはずだ。

彼は、ドナルドやエリクの領域にズカズカと土足で入り込み、かき乱す。

それは、考えただけで恐ろしいものがあった。

悩ましげなドナルドに対し、セオドアが本筋に戻って言う。

「ま、部屋替えのことは、この際置いといて、問題は、そのメモだな。なんとか、そのメモの内容を理解し、『寓意図』にある三番目のヒントが示すものを、僕たちの手で見つけたいものだ」

それから、ドナルドを見て問いかける。

「デュボワは、当然、調べ始めているんだろう?」

「たぶん」

曖昧に応じたドナルドが、「ただ」と指摘する。

「彼は、僕と同じで、資料室に自由に出入りできるようになってまだ間もないし、おそらく、テディほどには資料を調べ尽くしているわけでもないだろうから、このあと、苦戦するのは目に見えている」

「たしかに、ね」

認めたセオドアが、「あとは」と付け足した。

「ルネ・デサンジュが、このままサミュエルを巻き込まないでいてくれるとありがたいんだが」

つまり、セオドアは、またしてもサミュエルに内緒で事を運ぼうとしているようだ。

どうやらここに来て、サミュエルの腹心の部下という顔から、デサンジュ家に対抗するドッティ家の子息という顔にシフトしつつあるらしい。

セオドアが「で？」と尋ねる。

「そのメモには、なんて書いてあったんだっけ？」

それに対し、暗記していたらしいドナルドがすらすらと答えた。

「『人を惑わす太陽の雫《しずく》よ、知られてはならない秘密とともに迷いの道の下に眠れ』とあったんだけど、この『人を惑わす太陽の雫よ』という文言が、僕の記憶にうっすらと残っていて――」

「ああ、よく覚えていたな」

認めたセオドアが、「『寓意図』の」と教える。

「三番目のヒントのうちの最後の一枚と考えられている絵の上部に、ラテン語で記された文言がそれだ。――曰く、『人を惑わす太陽の雫』」

片手を翻したセオドアが、「ちなみに」と続けた。

「宝石には、古今東西、太陽になぞらえたものが多い。ダイヤモンド然《しか》り、あるいはその名が示す通り、サン・ストーンや、はたまた緑のペリドットなどだ」

「たしかに」

「ただし、『寓意図』にある人魚の絵と組み合わせて考えた場合、あの絵が示している宝石というのは、おそらく琥珀であろうというのが、いちおう、これまで多くの人間によって唱えられてきた定説だ」

「……琥珀か」

感慨深げにつぶやいたドナルドに対し、セオドアが「知っての通り」と続ける。

「『海の琥珀《シー・アンバー》』に分類されるバルト海の琥珀は、かつて地上にあった大森林が長い年月の間に海底にもぐり込んで樹液が石化し、そこからふたたび長い年月をかけ、波に運ばれる形で海岸線に打ち上げられたものだ」

「つまり、海に由来する宝石――」

「そうだな」

うなずいたセオドアが、「もちろん」と言う。

「海に由来するものには、他にも真珠やサンゴなどが挙げられるが、その中で太陽と結びつけられる石といったら、やはり琥珀以外にない」

「うん」

認めたドナルドが、「あの」と告げる。

「透明度の高い黄色からオレンジの独特の風合いは、太陽光線を閉じ込めたせいだと言われてしまえば、うっかり納得してしまいそうだし」

「問題は――」

人さし指をあげたセオドアが、厳しい口調で切り込んだ。

「見つけなければいけない肝心の琥珀が、どこにあるのか――」

言ったあとで、「それを探しだすためにも」と続けた。

「そのメモについて、もっと詳しく知る必要がある」

第二章　不和の連鎖

1

　その日の午後。

　お茶をしている時に、エリクが他の三人を前に、クラブハウスのシャワールームで起きた出来事について楽しそうに話してきかせた。

「でさ、ローガンってば、チッキットが背後からちょっとずつシャンプーを垂らしていることにぜんぜん気づかないで、ずっと泡を流しているんだよ。しかも、例によって例のごとく、水の出がいまいち悪くて、当然、いつまで経《た》っても泡切れはしない。――でも、ふつう、おかしいと思うよね。当人も、まあ、首はかしげているんだけど、悪戯《いたずら》されているとは思わなかったみたいで、ひたすら流しているのが面白くて」

　どうやらチッキットが同級生に悪戯を仕掛けたらしい。

エリクは、その時の情景を思い出したのか、クスクスと笑いながら続けた。

「ドニーたちも、あんなにすぐに戻らなければ一緒に見られたのに。——面白い場面を見逃したね」

その言いかたは、どこか得意げでもある。

チッキットは、常日頃からアルフォンスに敵愾心《てきがいしん》を燃やしているので、おそらくちょっと前に、アルフォンスが地理の教師にした悪戯が他の生徒を喜ばせたのが面白くなく、対抗するつもりで自分も同級生に悪戯を仕掛けたと考えられる。

ただ、アルフォンスのように、自分より立場の強い相手に対して罰を承知で悪戯を仕掛けるのとは違い、チッキットは、自分の意のままにできる同級生に対して悪戯をしたわけで、両者は根本的に意味が違っている。

そのあたりを敏感にとらえたドナルドが、白けた口調で言い返した。

「くだらない」

「——え?」

笑顔を引きつらせたエリクを前に、ドナルドが続ける。

「正直、そんな子どもじみた悪戯のなにがそんなに楽しいのかがわからない。——だいたい、その悪戯は、あちこちのサイトでしょっちゅう見るから、独創性もなにもあったものではないし」

痛いところを突かれて一瞬怯《ひる》んだエリクが、「そんなの」と主張する。

「その場にいなかった奴《やつ》には、わからないさ」

「なら、わからなくて結構」

どうでもよさそうに言ったドナルドが、「はっきり言って」とエリクのことも批判する。

「そんなことで楽しんでいる君の神経を疑うよ」

「なにそれ?」

顔から完全に笑みを消したエリクが、立ちあがりながら言う。その腕を横からそっとつかみ、ルネが必死でなだめようとした。

「エリク」

だが、エリクは、その手を払いのけながらドナルドに向かって言い返した。

「なんだよ、偉そうに。どうせ、僕は子どもさ。——実際、まだ子どもなんだから!」

このままでは、喧嘩《けんか》がどんどんエスカレートしそうである。

ハラハラしたルネは、助けを求めるようにアルフォンスのほうを見た。

だが、彼は、まったくわれ関せずといった態度でお茶を飲み、時おり、タブレットに視線を落としている。

おそらく、本当にどうでもいいと思っているのだろう。

そんな四人のいるテーブルに、周囲から好奇の視線が寄せられる。

ドナルドが、眼鏡《めがね》の奥で薄靄色《ヘイズブルー》の目をすっと細めた。

「僕は正直に感想を言っただけで、君が怒る理由がわからないんだけど」

「嘘《うそ》だね。わかってやっているくせに。──でなきゃ、恐ろしく鈍感なんだ！　鈍感で傲《ごう》慢《まん》！」

言い返しているうちにエリクの中で怒りがどんどん増していったようで、最後はバンとテーブルを叩《たた》いて言った。

「前から思っていたけど、ドニーのそういうところ、アルと通じるものがあるよね。自分は人とは違う……的な高慢さ」

「──なんだって？」

それにはさすがにドナルドもカチンときたらしく、カッと頰《ほお》を赤らめて言う。

「僕のどこが、アルみたいだって⁉」

そんなドナルドを、チラッとアルフォンスが見る。

この場合、引き合いに出されたアルフォンスは明らかに巻き込まれ損で、いらぬ非難を浴びたようなものである。

だが、興奮している二人はアルフォンスに対して失礼な言動を取っていることにも気づかず、先にエリクが「だって、そうじゃん」と告げた。

「アルみたいというより、アル化している感じ？　とにかく、すっごく感じ悪っ‼」

「どっちが‼」

ここでも売り言葉に買い言葉で、唇を嚙《か》んだエリクが「もう、いい！」と言って、踵《きびす》を返して走り去る。

それを、一歩遅れてルネが追いかけた。

「待って、エリク！」

そうして、バタバタと二人が立ち去ったあと、周囲からの好奇の目にさらされながら冷めたお茶に手を伸ばしたドナルドが、目の前に残された飲み残しのある茶器類を見て文句を言う。

「――なんだよ。自分の分くらい、きちんと片付けていけよな」

その声ににじむ苦々しさ――。

そんな彼の横で黙ってタブレットを操作していたアルフォンスが、しばらくしてポツリと言った。

「珍しいな」

「なにが⁉」

とっさに言い返したものの、答えは今しがたの喧嘩しかないと悟ったドナルドが、ややあって気まずそうに応じる。

「別に、同室者《ルームメイト》と揉《も》めるのは、君の専売特許ってわけじゃないだろう？」

「それに、僕は今、色々と調べたいことがあるから、正直、一人でいるほうが集中できていい」

「なるほど」

ひとまず納得したアルフォンスが、「ただ」と釘《くぎ》を刺す。

「喧嘩を売るなら、それなりの覚悟を持てよ」

「覚悟？」

「ああ」

うなずいたアルフォンスが顔をあげ、オレンジがかった琥珀色《こはくいろ》の瞳《ひとみ》でドナルドの目を真《ま》っ直《す》ぐに見すえ、「一度」と続けた。

「壊してしまったら、その関係は、必ずしも元通りになるとは限らないからな」

「まあ、そうだが」

2

一方。

エリクを追いかけたルネであったが、あまりに慌てたせいで食堂の入り口で人とぶつかりそうになり、その相手に謝ったりしているうちに、エリクの姿を見失ってしまう。それでも、諦《あきら》めずに捜したら、図書館へと続く道の前で別の生徒と話しているのを見つけることができた。

（……あれって）

立ち止まり、乱れた息を整えながら、ルネは少し離れた場所にいるその相手のことを観察する。

小柄でおどおどした様子であるが、制服は少しくたびれ、第一学年よりは年季の入った感じがする。ただし、首元に見えるのはリボンタイであるので、一口に「上級生」としてくくられる第四学年から第六学年の生徒でないのは明らかだ。

この学校では、第一学年から第三学年までがリボンタイであるのに対し、第四学年から第六学年の生徒はふつうのネクタイを締めていて、それがまた、彼らに上級生としての貫《かん》禄《ろく》を与えていた。

（そうそう、たしかエリクの指導上級生で、名前はなんだっけ？）

少し考えた末に、思い出す。

（ああ、ケアリーだ！）

ハリ・ケアリーという名前であるはずだ。

以前、エリクから彼の指導上級生として紹介されたことがあり、その時の覇気のなさが印象的で覚えていた。今もそうだが、はっきりとは言えないが、心になにか抑圧された悩みを抱え込んでいる印象を受けたものである。

しかも。

（ちょっと、影が強くなっている――？）

遠目に見る限り、今、話を聞いてあげるべきは、エリクよりむしろハリのほうである気がした。

ちなみに、ルネにも指導上級生がいて、それなりに良好な関係ではあったが、なんと言っても、この一年間、相談事の大部分をリュシアンが一手に引き受けてくれたので、あまり重宝するというものでもなかった。

逆に言うと、挨拶《あいさつ》程度の仲ということだ。

だが、エリクはハリと仲がいいらしく、二人はルネが見ている前で話しながら歩き去ってしまう。

きっと、エリクは、今しがたの出来事をハリに話して、鬱憤《うっぷん》を晴らすつもりなのだろう。

だとしたら、ルネの出る幕はない。

あとを追いかけてきたものの、急にお役御免になってしまったルネが、その場に佇《たたず》んでアルフォンスたちのところに戻るかどうしようかで悩んでいると、後方から名前を呼ばれる。

「――ルネ」

振り返ると、エメを従えたリュシアンが立っていて、いとも優美な苦笑いとともに尋ねられる。

「もしかして、ビュセルはつかまらなかった？」

どうやら、食堂での一件をどこかで見ていたようだ。――もとより、あれだけ派手にやり合っていれば、気づかないほうがおかしい。

「見ていたんだね」

「まあ」

肩をすくめて言ったあと、リュシアンは「ただ」と付け足した。

「遠目だったし、なにをもめていたかまではわからなかったけど」

それから、「それで」と尋ねる。

「君は、まだビュセルを捜すのかい？」

「ううん」

首を横に振ったルネが、説明する。

「エリクは相談相手を見つけたようだから、僕はお役御免。——それで、アルたちのところに戻るかどうしようか考えていたんだ」

「でも、デュボワとドッティなら、それぞれどこかに行ってしまったようだよ？」

つまり、彼らにはルネのことを待っている気などさらさらなかったということだ。なんとも薄情だが、アルフォンスやドナルドらしいといえば、極めて彼らしいことであった。

「そうなんだ」

そこで完全に自由の身になったルネを、リュシアンが誘う。

「ということで、もし君がよければ、久しぶりにゆっくり話さないかい？」

「もちろん。僕はいいけど」

そこで、チラッとリュシアンの背後に視線を流したルネが、気をまわして言った。

「それなら、たまにはエメも一緒に——」

だが、最後まで言わせず、リュシアンが背後を振り返って告げる。

「——いや。エメは、他に用があるから」

その際、二人の間でどんな視線のやり取りがあったのか、ルネにはまったくわからなかったが、ややあって小さく肩をすくめたエメが、「そうですね」と言ってあっさり踵を返した。

「私は部屋に戻っていますので、どうぞ、ごゆっくり」

それを気遣わしげに見送るルネを、リュシアンがうながす。

「さ、行こうか、ルネ」

そこで並んで歩きだしつつ、ルネは後ろ髪を引かれる思いで訊《き》いた。

「……リュシアン、本当にいいの？」

「なにが？」

ルネの言いたいことがわからなかったらしいリュシアンに、改めて伝える。

「エメのこと」

「――エメが、どうかしたのかい？」

「だって、いつもこうして唐突に一人にしてしまって、なんか気の毒だなと思って」

「そう？」

そこで、チラッと背後に視線をやったリュシアンが、あっさり応じる。

「エメ自身は、あまり気にしていないと思うけど……」

「本当に？」

疑うように応じたルネが、「でも」と主張する。

「彼は、基本、リュシアンのそばにいなければいけないから、ここで友だちを作るのは難しいよね？」

「……そうかな？」

あまり考えたことがないらしいリュシアンに、ルネが主張する。

「絶対に、そうだよ」

かなり強めの主張——。

出会った頃には想像もつかないことであったし、しばらくは、なんだかんだお互い探りでいた部分も多かったが、今年に入ったくらいから、ルネは急速にリュシアンと打ち解け、時にはこうして自分の意見を押し通すだけの強さも持てるようになった。

ルネが「なにせ」と続ける。

「彼の友だちになるためには、こんな風にリュシアンの勝手でふいに空いてしまった時間に付き合うだけの都合のいい存在になる必要があるわけで、それって、対等な友人関係を築く上で大きな障壁になるはずだから」

「——なるほど」

納得したらしいリュシアンが、「たしかに」と言って考え込む。

「君の言う通り、ハードルは高そうだ」

軽く顎《あご》に手を当てて上を向くリュシアンの、ただそれだけでも気品があって優美な姿を見つめながら、ルネが提案する。

「だからさ、それならそれで、ひとまず僕たち三人が友だちになれば、エメの身の置き所もあるわけで」

だが、それはリュシアンが即座に却下した。

「ああ、ごめん。それはあり得ないな」

「——え、あり得ないの？」

驚くルネに、リュシアンが顎に当てていた手を振って説明する。

「うん。せっかく言ってくれたのに申し訳ないけど、僕とエメの間にそういう友情はないし、この先も持ち込む気はないんだ」

「そうなんだ？」

目を丸くしたままのルネを見おろし、「ただ」とリュシアンは安心させるように柔らかな笑顔を向けて告げた。

「君の忠告はもっともだと思うし、『このままだとエメに友人ができないだろう問題』については、僕も少し考えてみることにするよ」

「……あ、うん、そうだね」

なんだか考えていたのとは違う方向に進みそうな気もしたが、ルネはひとまずリュシアンが受《う》け容《い》れてくれたことに感謝する。

「ありがとう、リュシアン」

「いや。——それより、君って、やっぱり優しいんだね。今まで、僕のまわりで、エメに対してそんな配慮をしてくれた人間はいなかったよ」

褒められるが、むしろ、ルネにとっては至極当たり前のことのような気がした。

だが、立場が違えば、当然常識も異なる。

なによりびっくりしたのは——。

(あんな風に常に一緒にいるのに、そこに友情が存在しない……？)

それなら、リュシアンとエメの間にあるものとは、いったいなんなのか。

他人事《ひとごと》ながら悩むルネに、今度はリュシアンが訊いた。

「そういう君こそ、デュボワとの仲は、あれ以来落ち着いているのかい？」

「——あ、それね」

喧嘩したまま、いまだアルフォンスとぎくしゃくしているルネは、正直な反応を示して言う。

「なかなかそうはいかなくて、実は今も絶賛喧嘩中なんだ。——ここ数日、部屋でもロクに口をきいていないし」

「へえ。それはまた大変そうだね」

「そうなんだけど、もう慣れたよ」

諦念《ていねん》を交えて応じたルネに、リュシアンが尋ねる。

「それなら、今回の喧嘩の原因はなんなんだい？」

「う～ん」

首をかしげたルネが、考えながら言う。

「よくわからないけど、たぶん、アルは、僕がメモの挟まった本を手に入れたのが気に入らないんだと思う」

「――メモ？」

当然わからなかったリュシアンに、ルネが学校の校章がデザインされたトートバッグから問題の本を取り出し、リュシアンに渡す。

受け取ったリュシアンが、表面を撫《な》でながら言う。

「まあまあ古そうな本だね。でも、マーブル紙を使用した半革装丁風にしていても、実際に使っているのは革ではなく厚紙に布を貼ったものなんだ」

専門的なことを言われてもよくわからなかったルネが、ひとまず状況を説明する。

「それ、図書館の書庫で廃棄処分になる箱の中にあったのを、装丁がきれいだから譲り受けたんだけど」

「ふうん」

その反応からして、おそらく二束三文の品なのだろう。

そうして、リュシアンが本をひっくり返したりしながら検分していた際、長い指の隙間《すきま》から例のメモが滑り落ちた。

「あ――」

慌てて拾いあげたルネに、リュシアンが謝る。

「ごめん。気づかずに」

「ううん」

拾ったメモをリュシアンに渡し、ルネが言う。

「問題は、そのメモで」

「なるほど」

そこで、リュシアンは本からメモに注意を向けて読みあげる。

「『人を惑わす太陽の雫《しずく》よ。知られてはならない秘密とともに迷いの道の下に眠れ』か」

フランス語をなんなく訳したが、アルトワ王国の公用語はフランス語であるため、特に驚くようなことではなかった。

それから、彼は顔をあげて言う。

「ずいぶんと謎《なぞ》めいた文章だな」

「だよね。――それで、いったい誰が誰になにを伝えたくてこんなメモを残したのか、妙に気になってしまって」

「たしかに」

自身も興味を引かれたように口元に手を当てて考え込んだリュシアンが、ふとその顔をあげて問いかける。

「でも、そうか。君がこの本を手にした――いや、違うな、おそらくは、このメモを手にしたことのほうが重要なんだと思うけど――、そのことが気に入らなくて、デュボワは機嫌を損ねたってわけか」

「うん」

うなずいたルネが、「結局」と溜《た》まっていた鬱憤をここで吐きだす。

「アルは、自分の思い通りにならないことに対して我慢がならないんだと思う」

「かもしれないね」

否定とも肯定とも取れる相槌《あいづち》を打ちつつ、リュシアンが続ける。

「ただ、もしかしたら、このメモは、例の『賢者の石』を探すためのヒントを示した『寓《ぐう》意図《いず》』と関係していて、そのせいで、彼はいつも以上に神経質になっている可能性も否定できないな」

「――え、『寓意図』？」

ルネは考えてもみなかったが、言われてみれば、その可能性は十分あり得る。

ただ、そう考えた根拠はなんなのか。

まずは、そこを質《ただ》す。

「なんで、そう思うの？」

「なんでと言われても――」

リュシアンが苦笑して応じる。

「ただのあてずっぽうだけど」

「あてずっぽう？」

「うん。――でも、デュボワが君に敵愾心を燃やしてまでなにかを気にするとしたら、やはり、そこには『寓意図』が絡んでいるのではないかと思って」

「……なるほど。言われてみれば、そうかも」

納得したルネを、リュシアンが右手の人さし指を揺らして誘う。

「ちなみに、たしかめたければ、僕たちには、もうその方法がある」

「もしかして、図書館で『寓意図』を調べてみようってこと？」

「うん《ウィ》」

フランス語で短く肯定したリュシアンが続けた。

「目の前に材料があるのに、調べない手はないだろう？」

「そうだね」

ちなみに、ルネはラテン語を読めないため、正確にはまだ資料室に足を踏み入れる資格はなかったが、ラテン語もかなり自在に読めるリュシアンと一緒なら、ひとまず問題はないはずだ。

そこで、リュシアンの提案を受け容れ、二人は図書館へと足を向けた。

3

図書館の地下にある資料室は、無人だった。

しかも、地下の奥まったところにあるせいか、秘密基地めいた、なんとも言えない独特な雰囲気に包まれている。

「へえ。……ここって、こんな感じなんだ」

初めて資料室に入ったルネは、もの珍しそうにあたりを見まわす。

同じエリアに並ぶ稀覯本《きこうぼん》の保管庫が、ガラス張りの近代的なものであったのに比べ、ここはむしろ貴族の館《やかた》の書斎を思わせる調度類でまとめられている。

飾り枠のある木製の本棚。

同じく木製の抽斗《ひきだし》。

灯《あか》りは蛍光灯ではなく、オイルランプを模した間接照明で、閲覧用のテーブルの他に書見台や座り心地の好《よ》さそうな椅子《いす》やソファーも備え付けられていて、おそらく、こうして扉一つ隔てて広がる異空間が、ここを秘密基地めいたものにしているのだろう。

ルネとは違い、勝手を知った様子のリュシアンは、まず書棚から一冊の革装丁の大型本を取り出し、書見台の上でぱらぱらとめくり始めた。

手を動かしながら、リュシアンが言う。

「これは、『サンク・ディアマン協会』が自費を投じて作った『寓意図』の研究本であるらしく、現存する『寓意図』の一覧表が載っているんだ。――ああ、あった、これ」

彼が手を止めたページには、三列×七段の表があり、そのところどころに、縮小された「寓意図」とコメントが記載されている。ただ、表には空白も多く、それらをザッと指で辿《たど》ったリュシアンは、そのうち、上から三段目の列の三つ目の枠のところで動きを止め、そこに書かれた数字を確認した。

「十七……」

それから、その大型本をもとに戻すと、場所を移動し、今度は該当する数字のふられた抽斗を開ける。

ちなみに、表の中の同じ列の前二つは空白だった。

リュシアンが抽斗から取り出したのは、「寓意図」の中の一枚で、どうやらその抽斗のひとつひとつに、「寓意図」が保管されているらしい。

古書ではよく、印刷された本文とは別にリトグラフや手書きのイラストを空白のページに貼付することがあるため、この「寓意図」も本の中に挿入されていたものを外してこのように別途保管しているのだろう。

ということは、ルネが前回、「サモス王の呪《のろ》いの指輪」を探す際にタブレットで見た三枚の「寓意図」も、今はこの抽斗のどこかに収められているはずだ。

取り出した「寓意図」をテーブルの上に置いたリュシアンが、閲覧用の電灯をつけて覗《のぞ》き込む。

台の上には、他にも拡大鏡《ルーペ》やメモ用紙などが載っている。

ルネも、リュシアンに倣って覗き込みながら尋ねた。

「――これは？」

「三番目のヒントの最後の一枚だよ。他の二枚は現存していないため、三番目のヒントについては、この一枚しか存在しない」

「へえ」

その「寓意図」には、下半分に涙を流す人魚の姿が描かれていて、その涙が、絵の上半分を占める背を向けて立つ男女の足元にちりばめられている。

ルネの隣で「寓意図」を見ていたリュシアンが、ひどくご満悦な様子で「ああ、ほら、やっぱり」と言う。

「ここに、あのメモにあったのと同じ文言が書いてある。――曰《いわ》く、『人を惑わす太陽の雫』だ」

「え、本当に？」

ラテン語の読めないルネは、そう言われて驚き、自分が持っているメモを取り出そうとしたが、あいにく荷物はここに入る前にロッカーに預けてしまったため、叶《かな》わない。

この資料室には、カメラ機能のあるスマートフォンはもとより、ペン類などの持ち込みも禁止されている。「寓意図」の写真が拡散するのを防ぐ目的と悪戯描き防止のための処置で、メモが取りたければ、室内に常備されている紙と鉛筆を使うしかない。

前回、サミュエルたちが画像を持っていたのは、理事会の許可を得て、一定期間の貸し出しという形で保持できていただけである。

そこで、ルネがただただ絵を見つめていると、その横でリュシアンが身を翻し、資料室の中にあった別の分厚い本を引っぱり出しながら言った。

「やっぱり、だから、デュボワは不機嫌になったんだな」

「そうだね」

もっとも、それならそれで、そうとはっきり言ってくれたら、ルネだって素直に本やメモを渡したのに、なぜ、変な敵愾心など燃やす必要があるのか。

（僕が「デサンジュ」だから……？）

あの口喧嘩の際、アルフォンスの口から飛び出した言葉が、まさにそのことを示していた。

少々悩ましげな表情でいたルネに対し、新しく書見台の上に載せた本のページをめくっていたリュシアンがことさら明るく言った。

「まあ、デュボワのことはひとまず脇《わき》に置いといて、せっかくここに来たのだから、ちょっとその絵が示しているものについて考えてみよう」

「あ、うん。そうだね」

うなずくルネに、リュシアンが「まず」と告げる。

「『太陽の雫』という表現だけど、たとえば琥珀なんかは、かつて、その透明な黄色やオレンジの色合いから、バルト海に沈んだ太陽の精が海の底で固まって大きくなり、それがふたたび空に戻る途中、海岸に打ち上げられてくるのだと信じられていたようなんだ」

「へえ」

興味を示したルネが感想を述べる。

「なんか、すごくロマンチックだね」

「たしかに」

高貴な微笑で応じたリュシアンが、「他にも」と続けた。

「場所によっては、人魚の涙が凝縮してできた宝石という伝説もあるようだな」

「人魚の涙――」

鸚鵡返《おうむがえ》しに繰り返したルネが、「それなら」と結論を口にする。

「この絵が示しているのは、琥珀？」

「太陽の雫」という表現と人魚の絵。

リュシアンの説明によれば、その両方に琥珀は合致することになる。

「おそらく、そうではないかと思っている」

答えながら、さらに分厚い本のページを指で辿っていたリュシアンが、ややあって「あ、あった」とつぶやいた。

ルネがなにかと思いながら待っていると、リュシアンが「以前」と説明してくれる。

「ターコイズのことを調べていた時にこれとまったく同じ本を図書館で借りて読んだんだけど、その際、琥珀について書かれた部分にも目を通したことを思い出して、探していたんだ」

「なるほど」

「で、それを見つけたわけだけど、これによると、琥珀にまつわる伝説の一つに、琥珀のネックレス欲しさに、地の精霊と浮気してしまう女神の物語がある」

「――え?」

話を聞きながら目を丸くしたルネが、とても残念そうに訊き返す。

「ネックレスなんかのために、浮気をしちゃうの?」

そんなルネの表情が面白かったのか、小さく笑ったリュシアンが「そう」とうなずいて続ける。

「まあ、女神が欲するくらいだから、よほど素晴らしい琥珀だったのだろうけど、僕が言

いたかったのは、そんなことではなく、この『寓意図』の文言にある『人を惑わす』という条件は、この逸話を踏まえているのではないかということだよ」

「ああ、そうか」

人を惑わす太陽の雫──。

それは即《すなわ》ち、浮気をしてでも欲しくなるような魅惑的な琥珀ということだ。

納得したルネが、改めて「寓意図」のほうに視線を移す。

どうやら、ここに描かれたものが琥珀を示しているのは、ほぼ間違いないようだ。

問題は、それが、どういう形で、どんな意味を持って、この世に現れるのか──であった。

難問にぶつかった時のように顔をしかめて絵の前に立つルネの横で、リュシアンが分厚い本をパタンと閉じながら言う。

「こうしてみると、琥珀にまつわる話には、なぜか悲しい物語が多いようだね」

「そう？」

視線を向けたルネを見返し、リュシアンが続ける。

「だって、今の話に出てきた女神も、結局は浮気がばれ、彼女の前から姿を消してしまった夫を捜して世界を放浪することになるし、絵にある人魚の話も、禁忌《タブー》とされていた人間への恋慕が父親の逆鱗《げきりん》に触れ、すべてを奪われて海の底に鎖で繋《つな》がれるという悲しい結末が待っている」

「……それって、もしかして、アンデルセンの人魚姫のもとになった伝説かな？」

ルネが、日本でもお馴染《なじ》みのおとぎ話を持ち出すと、リュシアンは「ああ」とうなずいて応じた。

「どうだろうね。そのことを論じたものを読んだことはないけど、アンデルセンがデンマークの人で、デンマークがドイツやポーランドなどと並んで琥珀の産地の一つであることを思えば、その伝説を知っていた可能性は十分にあり得る」

横道に逸《そ》れた話にも丁寧に応じたリュシアンが、「それ以外にも」と会話の内容を本筋に戻す。

「失墜した太陽神の息子パエトーンの死を悲しんで、姉妹たちが流した涙が琥珀になったという伝説もあるわけで、やはり琥珀には悲しみがつきまとっている。——あと、パエトーンの話は少し違うけど、不和も——かな？」

「たしかに、そうだね」

ルネが認めると、リュシアンは「そのせいなのかはわからないけど」と言った。

「バルト海沿岸のある村には、大嵐《おおあらし》の翌日に海辺であまりに美しい水入り琥珀を見つけたら、それは人魚の流した涙でできているかもしれないから、拾わないほうがいいというような言い伝えもあるようだよ。もし、そんな琥珀を持ち帰ると、琥珀に宿る恨みによって、拾った人間にも不和がもたらされるそうだから――」

「不和……？」

その言葉に反応したルネは、ふと、先ほどのエリクとドナルドの喧嘩を思い出す。

ルネとアルフォンスの喧嘩はしょっちゅうであったが、あの二人が喧嘩をするのはあまり見たことがない。

（まさか、それって、琥珀が引き金になっているのでは……？）

もっとも、まだ実際にそのような琥珀が見つかったわけではなく、すべては、メモにある文言からの推測に過ぎない。

（考えすぎか……）

誰も手にしていない琥珀が、彼らに不和をもたらすとは思えない。

思い直したルネは、別の本をぱらぱらとめくっているリュシアンの高雅な姿を見つめて感心する。

リュシアンは、やっぱりすごい。

こういう時、大量の資料を前にしてなんの発想も浮かばないルネとは違い、彼は頭の中にある知識の断片から次々と新たな考えを生み出していく。

いったい、彼の脳は、どんな構造をしているのか。

逆に言えば、ただ突っ立っているしか能のない自分は本当に情けなく、もし、この先もこうしてリュシアンと一緒に過ごす時間があるなら、ルネは少しでも彼に近づき、一緒にアイデアを生み出していけるようになりたいと切に願う。

そのためには、勉強だ。

ものごとを多角的にとらえるためには、授業以外にも多くのことを学ぶ必要がある。

ルネが心密《ひそ》かに新たな目標を立てるうちにも、ひとまず見るものを見終わったということで、彼らは電気を消し、資料室をあとにした。

4

資料室を出たルネとリュシアンは、ロッカーに預けてあった荷物を取り出し、並んで階段をあがっていく。それは、どこか異世界から現実に戻る瞬間のような、奇妙なタイムラグを感じさせる道程であった。

地下の暗がりから地上の明るさの中に出ながら、リュシアンが現時点で考えられる可能性について触れる。

「あの『寓意図』が琥珀を示していたとして、君が手に入れたメモを信じるなら、かつて誰かがその琥珀を見つけ、どこかに隠した可能性が出てくるわけだ」

「そうだね」

認めたルネが、首をかしげる。

「でも、かなり昔のことのようだし、今さら、どうやって調べたらいいんだろう？」

「そうだね」

入り口の前で立ち止まったリュシアンが、「ひとまず」と応じた。

「君が持っているその廃棄処分になるはずだった本について、エメに調べるように言っておく。――そのために、しばらく本を借りても大丈夫かい？」

「もちろん」

ルネがトートバッグの中から本を取り出して渡すと、受け取ったリュシアンは、本を手にしたままふとなにかを思いついたように「エメといえば」と言いだした。

「さっきのこと、少し考えてみたんだ」

「さっきのこと？」

「ほら、『このままだとエメに友人ができないだろう問題』についてだけど」

前置きしたリュシアンが、「一つの方法として」と驚くような提案をしてくる。

「もし、君がエメの代わりに僕の隣人になってくれるなら、僕はエメを一般寮棟に解き放ってもいいと思うんだ」

「――え？」

一瞬、言われていることの意味がわからなかったルネが、瞬きをしながら訊き返す。

「今、なんて？」

「だから、君が僕の隣人になってくれるなら――」

「それって、僕が、エメと部屋替えをするってこと？」

「ありていに言えば、そうなるかな」

食い気味に問い返したルネに対し、肩をすくめて認めたリュシアンが、「正直」と心情を吐露する。

「得体の知れない人間を隣人に据えることには抵抗があるけど、君なら、僕としては大歓迎だし、おそらく事前に簡単な身上調査をすることにはなると思うけど、両親も認めてくれる気がする」

「いや、でも」

ルネは混乱しながら言い返す。

「僕、いざという時にリュシアンを護る自信なんてない――」

なんと言っても、エメは彼の護衛としての役割を負っている。そして、その実力は、アルフォンスとチッキットの喧嘩を一瞬で止めた時に証明されていた。

エメと自分の根本的な違いをあげてこの話の荒唐無稽《こうとうむけい》さを示そうとしたルネに対し、

「大丈夫」とリュシアンは軽く請け合う。

「当たり前だけど、君にそんなことはいっさい期待していないから」

「だけど、事実、エメは――」

「そうだね。――でも、一年間この学校に身を置いてみて、ここがかなり安全であるのはわかったわけで、せっかくそんな環境にいるなら、エメにも、君が言うように友人を作る機会があってもいいわけだろう。なんといっても、彼だって十代の青年なんだ」

「うん」

「それには、他の生徒たちと同様、同室者《ルームメイト》や隣人を得て、そこで揉まれるのが一番いい気がして」

「たしかに、そうかもしれないけど……」

だとしても、提案が突飛すぎて、ルネにはすぐに呑《の》み込《こ》めない。

もちろん、リュシアンの隣人になることに否《いな》はない。むしろ、とても魅力的な申し出で
ウキウキしてしまうが、どう考えても、リュシアンが言うほど簡単な話ではないように思えた。

それになにより、その提案を受け容れるということは、アルフォンスとの同居をみずから放棄することになり、それは、リュシアンの隣人になるのとはまったく別の次元で、ルネにとって、簡単に割り切れる問題ではなかった。

誰に言われるまでもなく、最近の二人の在り方を考えると、この際、少し距離を置いたほうがいいのかもしれないが、やはり、現時点で、ルネはアルフォンスに対し、それだけの思い切りを持つことができずにいる。

悩んだ末に、ルネが訊く。

「その話、少し考えてもいい？」

「もちろんだよ」

うなずいたリュシアンが、軽く首をかしげて尋ねた。

「やっぱり、君が気にしているのはデュボワのこと？」

図星を指され、ルネが認める。

「うん、まあ」

悩ましげなルネを見おろし、リュシアンが「それなら」と確認する。

「僕やエメのことはさておき、君自身は、このままデュボワの同室者《ルームメイト》でいたいのかい？」

「それは――」

ルネは、とっさに返答に困って口をつぐんだ。

今も考えていたように、そこがそもそもよくわからないのだ。

正直、時々、疲れることはある。

アルフォンスというのはエネルギーの塊のような人間で、その全精力を間近で受けとめていると、やはり心が疲弊する。リュシアンのように感覚が似ていて、一緒にいるとすごくホッとする相手とは対極にあると言っていいだろう。

とはいえ……なのだ。

いっそ嫌いになれたらいいのに――とルネは思うことがある。

だが、そうやって振り回され、なんか疲れたなと思っても、どうしても嫌いになれないのが、アルフォンス・オーギュスト・デュボワという人間だった。

リュシアンが、考え込むルネを青玉色《サファイアブルー》の瞳で見おろして言う。

「言ったように、ゆっくり考えてくれて構わないけど、君が言うように、エメに友人を作る機会を与えるのだとしたら、これはたぶん最適な道だと思う」

「……そうだね」

ルネが認めたところで、リュシアンが扉を開け、二人は図書館をあとにした。

と——。

二人が消え去った図書館の入り口に、彼らと入れ替わるように二階からゆっくりと階段を降りてくる人物がいた。

すらりと均整のとれた身体《からだ》つき。

隙《すき》のない、敏捷《びんしょう》そうな身のこなし。

それは、たった今、二人の話題にあがっていたエメだった。

彼は、リュシアンと別れたあと、宣言通り部屋に戻るつもりであったが、授業の一環で調べ物があるのを思い出し、途中で図書館に寄ることにしたのだ。

だが、それが運の尽きであったらしく、本当にたまたまであったが、エメは、踊り場の手前にさしかかったところで、入り口で話し込んでいるリュシアンとルネの会話を聞いてしまった。

驚いたことに、彼らが話題にしていたのは、他でもない、エメのことだった。

しかも、さらに驚いたことに——。

（……部屋替えねえ）

彼は二人の消えた扉を見つめながら皮肉げに笑うと、踵を返し、現代小説の置かれているコーナーへと足を向けながらつぶやいた。

「まったく、あのお方は、いったいなにを考えているのやら――」

誰の耳にも届かなかったそのぼやきは、そのまま静かに空間へと溶け込んだ。

5

ルネとリュシアンが図書館の資料室にいた頃――。

指導上級生であるハリ・ケアリーをつかまえたエリクは、校舎エリアを歩きながらドナルドへの鬱憤を晴らしていた。

「ね、ひどいと思いません？」

「うん、ひどいね」

「まったく、人の話を聞いて『くだらない』なんて、いくらそう思っても、友だちに対して言うもんじゃない」

「言うもんじゃないね」

「失礼極まりない」

「たしかに、失礼極まりない」

鸚鵡返しに応じるハリは、あまり自己主張するタイプではない。

エリクも、そんな彼を頼りにすることはあまりなかったが、どんな愚痴でも我慢強く聞いてくれるので、ある意味、重宝する存在だった。

エリクが続ける。

「僕、本当に傷ついたんです」

「そうなんだ」

「だって、なんか、見くだされた気がして――」

「実際、見くだされているのかもしれない」

鸚鵡返しが板についてしまったのか、否定したほうが良さそうなところでも、ハリは否定せずに応じる。そのことに気づいたエリクはちょっと変な顔をするが、まだまだ怒りは収まっていないらしく、ひとまず「そもそも」と文句を続けた。

「この学校の創立者集団である『サンク・ディアマン協会』に名を連ねる家系であることを笠《かさ》に着て、ちょっといい気になっているんです」

「たしかに、いい気になっている」

「今さら、そんなこと、あまり関係ないのに」

「関係ないはずだ」

認めたハリが、「でも」と付け足した。

「彼らは、特別棟に入れる自分たちのことを、本当に特別な存在だと驕《おご》っているから始末が悪い」

「――そうですね」

鼻にしわを寄せてエリクが応じる。ただし、そのしわの意味は、ドナルドへの鬱憤というより、目の前のハリに対する違和感にあった。なんとなくだが、ハリは、エリクに対する同調以上に、「サンク・ディアマン協会」に対し、かなりの悪感情を抱いている気がしてならない。

そんなエリクの前で、ハリがさらに言う。

「彼らは、自分たちだけが『賢者の石』に近づけると思っているんだ。――つまり、神と同じ完全性を得られるのは、自分たちだけだってね。まるで、それが特権であるかのように考えている。本当に傲慢な人たちだ」

「――あ、いや、僕、そこまでは言っていませんけど」

非難の対象が微妙にずれたことを意識し、エリクが軌道修正する。

「とにかく、最近のドニーは、寝ても覚めても『賢者の石』を探すことばかり考えているみたいで、以前のように、僕の冗談にもあまり乗ってきてくれないから、なんか淋《さみ》しいんですよ」

「『賢者の石』ね」

そこで、瞳を暗く光らせたハリが、「それで」と尋ねる。

「実際、彼やデュボワは、『賢者の石』に近づくヒントを手に入れたのかな？」

「――はい？」

急におかしなことを確認され、エリクが不信感を露《あらわ》に言い返す。

「知りませんよ、そんなこと。――ていうか、僕の話、聞いていました？」

「うんまあ」

「なら、わかるでしょう。僕は、『賢者の石』なんてどうでもよくて、ただ、ドニーやルネたちと楽しく過ごしたいだけなんです。――それを、ドニーもアルも、ぜんぜんわかってくれなくて」

エリクにしてみれば、みんなで楽しく宝探しができるのならそれもいいが、最近のドナルドやアルフォンスは、どこか殺気立った様子で排他的に「賢者の石」を探そうとしている。だから、一緒にいてもなんとなくぎすぎすしているし、しゃべっていてもうわの空であることも多い。

エリクにしてみれば、彼らはもはや「賢者の石」に取り憑《つ》かれていると言ってもいいくらいだ。

だが、それはドナルドやアルフォンスに限ったことではないのかもしれない。

この一年で、全体的にそういう風潮が高まってきているようだ。

（だけどさ）

エリクは、忌々しい思いで考える。

入学当初に行われた「宝探しゲーム」では、宝探しの本来の目的は、決して石の捜索などではなく、友人同士、互いの中に輝きを見つけることだと言われたはずだ。それだけでなく、これからの学校生活では、相手の中に輝きを見つけたら見つけた分だけ、それが自分たちの財産になるとまで言われたのに——。

今のドナルドたちは、ただ、あるかどうかもわからない石を探すのに必死で、友だちが傷ついているのすら見えていない。

（それって、なんか変だよ）

そんな歯がゆい想《おも》いを抱くエリクに対し、ハリが「でも」と言う。

「そうは言っても、この学校のどこかに、伝説とされる『賢者の石』があるかもしれないわけで、君は、本当にそれを見つけたいとは思わないのか？」

「もちろん、興味がないわけではないですよ」

真意を問われ、エリクは正直に答えた。ただし、相手への不信感は強まり、完全に疑いの眼差《まなざ》しになって「だけど」と言い返した。

「それで、友だちにひどいことを言ったりやったりするのは違うと思うし、なにより、下級生からの相談事より、『賢者の石』に興味を示すのもどうかと思いますよ。——ああ、なんか、みんな、どうかしている！」

最後はハリに対する批判を口にしたエリクが、「まったく」と呆《あき》れたように言って身を翻した。

「どいつもこいつも、『賢者の石』に目の色を変えて——。この学校、ちょっとおかしいんじゃないか!」

「あ、ビュセル!」

呼び止めたが、振り返らずに離れていくエリクを見送り、ハリが「そんなこと言ったって」と悲しそうにつぶやいた。

「……僕には、それしか」

うなだれる彼の制服のポケットで、その時、スマートフォンが着信音を響かせた。

ビクリと身体を震わせた彼は、緩慢な動作でそれを取り出し、画面をチェックする。

そこには、一通のメールの着信が表示されていて、送信者を見ただけでメールの内容に想像がついたのか、彼は、そのまま画面を開くこともせずに、バンッと近くの壁を手で叩いた。

「うるさいな。――探せばいいんだろう」

それから、唇を噛んでうなだれる。

(どうかしている――)

先ほど、エリクはそう叫んでいたが、本当にどうかしている。

そんなことは、ハリ自身、よくわかっていた。

それでも、やらなければならないこともあるのだ。

ハリは、諦念《ていねん》とともに考える。

メールの送り主である彼の母方の祖父は、ここの卒業生だ。

ハリの両親は早くに離婚し、母親はまだ赤ちゃんだった彼を連れて実家に戻った。

その母親も、現在は別の男性と再婚し、ドイツで幸せに暮らしている。

母方の実家はそれなりに裕福であるため、両親が彼の面倒を見なくても、こうして学費の高い全寮制私立学校《インターナショナル・ボーディングスクール》に入ることができ、生活に困ることはなかった。

ただ、一つ問題があるとしたら、彼をこの学校に入れてくれた祖父のトーマス・ケアリーは、別に孫であるハリのためを思って入学させたわけではなく、あるはっきりとした目的のために入学させただけということだろう。

しかも、その目的遂行を、この学校にいるための絶対条件としてハリに課していた。

その目的というのが、他でもない「賢者の石」探しである。

トーマス・ケアリーは、「賢者の石」の存在を信じていた。

その上、依怙地《いこじ》なほど見つけだすことに執念を燃やしていて、「将来のために」とハリにラテン語を教えてくれたのも彼だったし、この学校に「賢者の石」を見つけるための「寓意図」があることも話してくれた。

それと一緒に、この学校の創立者集団である「サンク・ディアマン協会」についても教え込まれ、そこに名前を連ねる人々——特に、ドッティ家の人間がいかに傲慢で卑劣な人間であるかを繰り返し聞かされた。

実際に目にしたセオドア・ドッティやドナルド・ドッティは、祖父が言うほど嫌な人間には思えなかったが、それでも、刷り込みというのは簡単には消えないもので、ハリの中には「ドッティ」という名前に対する拒絶反応が居座り続けている。

それだというのに、なんとも皮肉なことに、彼が指導上級生として担当することになったのは、ドナルド・ドッティの同室者《ルームメイト》であるエリク・ビュセルであった。

そのエリクが、なぜかハリになつき、時々、おしゃべりを楽しむためにやってきた。

その際、嫌でもドナルドの話が耳に入り、その人となりが語られるたび、ハリの混乱は増すばかりとなる。

聞く限り、ドナルドは、多少へんくつではあっても、良《い》い人間だ。

祖父が言うような傲慢さや卑劣さは欠片《かけら》もなく、時おり他者を見くだすようなところがあったとしても、それを補って余りある親切さを持っているように思えた。

なぜ、祖父は、あれほどかたくなにドッティ家の人間を憎むのか。

わからないまま、ハリは、祖父の言うことを聞き、入学してから三年間、必死で「賢者の石」について調べてきた。そうでもしないと、彼にとっては最後の砦《とりで》ともいえるこの学校にすらいられなくなってしまうと恐れていたからだ。

資料室に入る資格を得てからは、二三日にあげず通いつめ、「寓意図」の中に「賢者の石」を探すためのヒントを得ようとがんばった。そうこうするうちに、気づけば、ロクに友だちができないまま、ついたあだ名が「隠者」だ。

それでも、なにかしら「賢者の石」探しに進展があれば、まだ救われるのに、今のところ、そんなものは一つも得られていない。

そもそも、これまで多くの生徒が卒業後も「寓意図」について調べ続け、でも結局わからずに終わっていることを、十代のふつうの子どもが調べたところでわかるわけがなかった。

ただ、それゆえ、彼が入学する前から「賢者の石」探しはずっと膠着《こうちゃく》状態にあり、最初の二年間はなんだかんだことなきを得ていた。

それなのに、なぜかこの一年で、最初のヒントとされる「ホロスコプスの時計」が動きだし、さらに、二番目のヒントである「サモス王の呪《のろ》いの指輪」が変化を遂げた。

それらに、どんな意味があるかもわからないまま、報告を受けた彼の祖父はただただ焦りを募らせていった。当然、ハリに対する風当たりもきつくなり、祖父は苛《いら》立《だ》ちをハリにぶつけてくるようになったのだ。

度重なるメールでの催促。

電話での罵声《ばせい》。

正直、このところ、ハリの気が休まる時はなく、起きている時も寝ている時も、のべつ幕なしに憂鬱《ゆううつ》であった。

「……なんで、僕ばっかり」

大きく溜息《ためいき》をついた彼は、背中を丸め、とぼとぼと寮への道を戻っていった。

6

同じ頃。

ダイヤモンド寮の特別棟の階段で、第四学年のセオドア・ドッティを見かけたサミュエル・デサンジュが、「やあ、テディ」と親しげに呼びかけた。さらに、セオドアの背後にいるドナルドにも同じように挨拶する。

「やあ、ドナルド」

ドナルドが、ややどぎまぎしつつ応じる。

「……こんにちは、デサンジュ」

「最近、よくこの棟で見かけるけど、ここに来て、従兄弟《いとこ》の絆《きずな》を強めつつあるということかな？」

「……えっと、まあ、どうでしょうね」

相手の貫禄に呑《の》まれ返答に窮したドナルドがチラッと視線を流してきたのを受け、セオドアが顎で自室を示して告げた。

「悪いが、ドニー、先に部屋に行っていてくれないか」

「わかった」

どこかホッとしたようにうなずいたドナルドが、踵を返しながら言う。

「失礼します、デサンジュ」

「ああ」

鷹揚《おうよう》に応じたサミュエルは、すぐに問うような視線をセオドアに向けた。

名前からも察せられる通りサミュエルはルネの親戚《しんせき》で、現在、全校生徒を取りまとめる生徒自治会執行部の副総長を務めている。

褐色の髪にモルトブラウンの瞳。

明らかにラテン系とわかる彫りの深い顔立ちをしていて、なんとも貫禄がある人物だ。

一方、年下のセオドアは、そんな彼の腹心の部下と言われ、彼の御用聞きとして生徒自治会執行部の執務室にもよく出入りしている。

ただ、もちろん御用聞きは義務ではなく、むしろある種の特権で、特にサミュエルの御用聞きをするということは、即ち、来期の副総長の座に一番近い人間であると周囲にアピールすることに繋がる。

だから、誰もが率先してやりたがる役まわりだった。

サミュエルが、改めてセオドアに尋ねた。

「で、テディ。ドナルドをよくここで見かけるようになった分、君をあまり執務室で見かけなくなったけど、なにか意味があってのことなのかい?」

「ああ、すみません」

素直に謝罪したセオドアが、「ちょっと」と言い訳する。

「家のほうでゴタゴタがあって、ドニーの話を聞いてやったりしていたものですから」

「へえ?」

軽く首をかしげたサミュエルが、申し出る。

「それは初耳だな。――もし僕にできることがあれば、遠慮なく言ってくれ」

「ありがとうございます」

謝辞を口にしたセオドアが、「でも」と続けた。

「所詮《しょせん》は内々のつまらない揉め事に過ぎず、貴方《あなた》の貴重な時間を割《さ》いてもらうほどのことではないので、お気遣いなく。――ただ、それがあって、執務室に出向く時間が取れないことも多いので、もし急ぎの用がありましたら、タブレットのほうに連絡をください。可及的速やかに対処します」

どうやら、これまで通り、サミュエルの御用聞きはするが、常にそばにはいられないということのようだ。

たしかに、執務室に顔を出すのは、他の生徒への牽制《けんせい》と名を売る機会であることを思えば、この一年で、セオドアは確実に名を売り、今や来期の副総長の座は確実と言われるようになっていた。

ただし、あくまでもまだ予想の段階で、結果は蓋《ふた》を開けてみるまでわからない。

挨拶もそこそこに、そそくさとその場を離れていったセオドアの背中を見送ったサミュエルは、モルトブラウンの目をどこか険呑《けんのん》に細めて「へえ」とつぶやく。

「いったい、どういうつもりだ？」

老舗《しにせ》宝石店の後継者として、社交上の相手の言葉を額面通りには受け取らない習性のあるサミュエルにしてみたら、今のセオドアの言動は、決して「はい、そうですか」と素直に受け容れられるものではない。

明らかに、セオドアはなにかを隠している。

そして、学年を越えてずっと良好な関係を築いてきた二人の間に影を落とすものがあるとしたら、それは間違いなく、「賢者の石」に関することであるはずだ。

「もしかして、受験勉強に勤《いそ》しんでいる間に、僕は一歩後れをとったのか？」

そんな疑問を抱きつつ、彼は自室へと戻っていった。

一方。

同じく自室に向かったセオドアは、そこで待っていたドナルドに声をかける。

「やあ、待たせたね」

それに対し、ソファーで腰を浮かせたドナルドが「それで」と尋ねた。

「サミュエルは、なんて?」

「いちおう、こっちの言い分に納得してくれたようには見えたけど、あの人のことだから、裏でどう思ったかはわからない」

その返答に対し、ドナルドが首をかしげて言い返す。

「でも、だとしたら、まずくない?　いっそ、正直に話したほうが……」

「ああ、いずれ話すさ」

肩をすくめたセオドアが、「ただ、今は」と目の前のことに集中する。

「せっかく一歩先んじているんだから、このまま調査を進めよう」

「いいけど——」

どこか憂鬱そうに応じたドナルドが、「でも、本当に」と懸念を示す。

「このままでいいのかなあ……」

そう言った時の彼の脳裏には、今現在問題となっているセオドアとサミュエルの顔ではなく、まったく別の人物の顔が浮かんでいた。

丸顔で榛《はしばみ》色《いろ》の瞳をした、気のいい同室者《ルームメイト》——。

この一年のうちで初めて本格的にぎくしゃくしたエリクとの関係に、ドナルドは少なからず戸惑いを覚えている。

今朝《けさ》などはまた、洗面所のことで言い合いになった。相変わらず水が出にくいため、お互いイライラしていたというのもあるのだろう。

食事の時も、いちおう一緒にはいるものの、話が弾むことはない。

たぶん、彼が言いすぎたのだろう。

それは、ドナルド自身、よくわかっている。

あの時、チッキットなんかのやったことですごく喜んでいるエリクを見て心底イラッとし、つい口を滑らせてしまった。そう認識はしているが、だからといって率先して謝るのも、自分がやっていることを否定するようで嫌なのだ。

正直、「賢者の石」には、すごく興味がある。

その謎に自分が迫れるのであれば真っ先に迫ってみたいと、ドナルドは思っている。

ただし、その裏で、なにか大事なものを失いかけている気がして、気持ちがずっとそわそわしているのも事実だ。

本当に、このまま突き進んでしまっていいものかどうか——。

ふだん、あまり他人の感情面に頓着《とんちゃく》しないドナルドだけに、正直、途方に暮れている部分もあった。

悩ましげなドナルドに対し、セオドアが言う。

「あの『寓意図』が示しているのが琥珀であるのは、もう間違いない」

「……僕も、そう思う」

どこか気もそぞろなドナルドの同意を得て、セオドアが「だとしたら」と続ける。

「あとは、それが隠されている場所なんだが、ルネ・デサンジュが拾ったメモには、『迷いの道の下に眠れ』とあったんだったな？」

「うん」

「それがどこか、僕はずっと考えていたんだけど、ここに来て、これなんじゃないかというものを見つけたよ」

「――本当に？」

瞳を輝かせ、ようやく目の前のことに集中し始めたドナルドに、セオドアが「ああ」とうなずいて教える。

「ちなみに、現在、ギャラリーを立ち入り禁止にして、展示物を一部入れ替えているのは知っているだろう？」

「うん、まあ」

そんな話を聞いたようにも思うが、ドナルドはあまり興味がなく、特に注意を向けることはなかった。

おそらく、ほとんどの生徒がそうであろう。

あのギャラリーは、この学校に子どもを入れるかどうか考えながら訪れるお金持ちの親たちのためにある場所だと思っている。

セオドアが、「その」と説明する。

「新しい展示物の中に、十六世紀のドイツで作られた仕掛け箱があるようなんだが、その蓋に描かれているのが、どうやら『迷宮図』と呼ばれるものであるようなんだ」

「『迷宮図』？」

「そう」

うなずいたセオドアが、「つまり」と言い替える。

「『迷いの道』だよ」

「なるほど！」

セオドアの言わんとしていることを察したドナルドが、少し興奮気味に「たしかに」と応じる。

「『迷宮図』なら『迷いの道』とも合致するし、それに、その箱は仕掛け箱だと言った？」

「言ったよ」

認めたセオドアが、「僕も」と応じる。

「それを知った時は、今の君のように、小躍りしそうなほど興奮したよ」

「つまり、その仕掛け箱の中に、問題の琥珀が隠されているってことか」

「そういうことだ」

うなずくセオドアに、「それなら」とドナルドが訊く。

「その箱は、いつギャラリーに展示されるんだろう?」

「まだわからないが、数日のうちに入れ替えが終わるそうだから、それが展示されたらいの一番に調べに行くぞ」

意気込みを伝えたセオドアが、ドナルドと目を合わせて告げた。

「そして、今度こそ、僕たちの手で『寓意図』が示すものを見つけるんだ!」

7

その日の夕食時。

エメラルド寮の生徒たちが並ぶテーブルでアルフォンスの隣に座ったルネは、目の前に並ぶ料理を淡々と平らげながら、頭の中でずっと考え事をしていた。

生徒と一部の教師が一堂に会して食べる夕食は、通常、デザートまでがすべてテーブルに並べられ、あとは食後のお茶だけが給仕されるのだが、例外として月に一度か二度、マナー講習を兼ねて正式な晩餐《ばんさん》を取ることもあった。

ただし、今日はふつうの夕食で、ルネはデザートのプリンに手を伸ばしながら思う。

(リュシアンの隣人ねえ……)

それはつまり、朝起きたら、隣の部屋にリュシアンがいる。——いや、リュシアンは朝のジョギングを日課にしているようなので、起きたらもぬけの殻ということもあり得るだろうが、そこは、考えなくていい。

ただ、起きた瞬間から、すぐそばにリュシアンがいる。

現在、リュシアンとエメの部屋は内扉で繋がっているので、そのままにしておけば、いつでも好きな時にリュシアンと会うことができるし、起き抜けに「おはよう」と言いに行くことも可能ということだ。

それは、夢のような空間であり、すごく居心地がいい気がする。

だが、その場合、彼は、前提として、アルフォンスとの同居を拒否する必要があった。

もちろん、部屋替えの希望者には、新たな友人関係を求めてという前向きの想いで臨む生徒もいるので、ルネもそうだと言えないことはない。

（だけど、なあ）

やはり、二人のこれまでの関係を鑑《かんが》みると、まわりの人間がその主張に納得するとは思えないし、むしろ、言い訳をすればするほど、間違いなく、ルネがアルフォンスを拒絶したととらえられるはずだ。

それは、なんとしても避けたい。

それに、ただの部屋替えならまだしも、結果、リュシアンの隣人という異例の部屋替えとわかれば、まずアルフォンスとの関係は決定的に悪くなる。

（それも嫌だしなあ……）

身勝手かもしれないが、ルネはアルフォンスとも仲違《なかたが》いをしたくない。

もっとも、今の時点で仲がいいかといわれれば、決してそうではないので、結果として、さほど変わらない気もした。

（部屋替えか）

なんとも悩ましい問題である。

眉間《みけん》にしわを寄せながらプリンを口にするルネを見て、ふだんならエリクあたりが「もしかして、塩でも入っていた?」などとからかうはずだが、今日はそれもなく、他の面々も黙ったまま、まずそうに料理を食べている。

アルフォンスなどは、このところ、まるで存在感のなくなってしまったルネに対し、何度か食器を乱暴に扱って気を引こうとしていたようだが、結果は周囲から顰蹙《ひんしゅく》を買っただけで、肝心のルネはうんでもすんでもなかった。

かように、ルネは、一度バリアを張ってしまうと、本当に周囲の雑音が聞こえなくなる。

アルフォンスがこんなルネと接するのは数ヵ月ぶりのことで、またぞろこの繰り返しかと、ここ数日は、かなり神経を尖《とが》らせているようであった。なにより問題なのは、ルネ自身は、こういう時の自分がいかに人を寄せ付けない空気を醸しだしているか、まったく気づいていないということだ。

アルフォンスがそんなルネを見て、再度イライラと食器の上にスプーンを投げ出しながら小さくつぶやく。

「……透明人間、アゲインかよ」

すると、アルフォンスの立てた音に眉《まゆ》をひそめた上級生が、「おい」とついに声に出して注意した。

「耳障りだ、デュボワ。いい加減にしろ！」

それに対し、数人がビクリと身体を縮こませたのに対し、当のアルフォンスは、どうでもよさそうに肩をすくめてやり過ごした。

そこに反省の色はまったく見られない。

エリクとドナルドも、それなりの反応を示したが、唯一、ルネは目を伏せたまま考え事を続けていた。

それは天晴《あっぱ》れと言えるほどの断絶感で、まさに紫水晶のドームの中に一人でいるようなものであった。

そうしてそれぞれの思いを抱えたまま、夕食が終わり、ぞろぞろと生徒たちが食堂を出ていく中、一人で歩いていたルネを入り口でサミュエルが呼び止めた。

「ルネ」

最初、気づかずに通り過ぎようとしたルネであったが、さすがにまわりの生徒たちが慌てて肩を叩くなどして知らせたために、びっくりして顔をあげ、すぐにサミュエルのほうに寄っていく。

「すみません、気づかずに、サミュエル」

「いいけど、考え事か？」

「――いえ」

ルネは否定するが、そこは商売人の子息として気のまわるサミュエルが、「もしかして」とあっさり図星を指した。

「部屋替えのこと？」

「え、なんで？」

わかったのか。

心を読まれたようで怖くなるルネに、サミュエルが「まあ」と苦笑して応じる。

「この時期に第一学年の生徒が悩むとしたら、まず、そのことが挙げられるからな」

「……あ、そうか」

すっかり自分だけのこととしてとらえていたルネだったが、考えてみれば、ルネの他にも、部屋替えのことで真剣に悩んでいる生徒はいっぱいいるはずだ。

おのれの浅はかさを恥じるルネに、サミュエルが言う。

「なんだ。それなりにうまくやっていると思っていたが、やはり、デュボワとの同室はきついのか？」

「いや、そういうわけではありませんが」

さすがに、こんな場所で、しかも副総長であるサミュエルを前に本音を言うわけにもいかず、ルネはなんとか誤魔化した。

だが、よくまわりを見ているサミュエルが、「でも、そういえば」と指摘する。

「たしかに、君たちは、このところあまり口をきいていないようだな」

慌てたルネが「いや、その」と言い訳する。

「アルとは、小さな喧嘩はしょっちゅうだし、実は今も、ちょっと仲違いはしているんですが、そんな深刻なことではないので、大丈夫です」

「へえ」

しどろもどろのルネを面白そうに見おろして、サミュエルが言う。

「まあ、友人同士のいざこざに下手《へた》に口をはさむ気はないし、あまり身内だからと贔屓《ひいき》はできないが、それでも、僕たちは親戚なのだし、これでもなにかあれば多少の調整くらいはしてやれるから、本当に困ったら相談してくれ」

「――ありがとうございます」

まさか、そんなことを言ってもらえるとは思ってもみなかったルネが、目を丸くしてサミュエルを見あげていると、「まあ、それはそれとして」と、親切心の代わりとばかりに軽く探りを入れてくる。

「このところ、君たちの間でなにか変わったことはなかったかな。――特に、例の『寓意図』について新たな情報が出たとか」

「ああ」

今のやり取りですっかりサミュエルに心を許してしまったルネが、「それなら」とあっさり教える。

「僕が図書館の書庫で見つけたメモになにか意味があるのではないかというので、もしかしたら、アルやドニーは調べているかもしれません」

「――メモ？」

寝耳に水だったサミュエルが、「それは」と尋ねる。

「どんなメモ？」

そこでルネは、覚えている限りのことをサミュエルに話して聞かせる。

その間、腕を組んで話を聞いていたサミュエルが、「つまり」と問いかける。

「そのメモにあった『人を惑わす太陽の雫』というのが、『寓意図』に書かれた文言と同じであることから、君とサフィル＝スローンは、それをかつて誰かが探しだした挙げ句、どこかに隠したのではないかと考えているのか？」

「はい」

「しかも、それが、琥珀だと判断した？」

「それはリュシアンが――、はい」

人の手柄を横取りせずに認めると、サミュエルは小さく笑って、「君は」と訊く。

「サフィル＝スローンとは、かなり気が合うようだね？」

「ええ、まあ」

照れたように応じたルネに対し、サミュエルは若干警告めいた口調に変えて告げる。

「もちろん、それはそれで構わないんだが、もし、次になにか『賢者の石』に関《かか》わりのありそうなものを見つけたり拾ったりした時は、デサンジュ家の人間として、ぜひとも僕に真っ先に知らせてくれるとありがたいんだがね」

「――あ、すみません」

慌てて謝ったルネが、「正直」と説明する。

「リュシアンに言われるまで、あれが、『寓意図』や『賢者の石』に関係しているものだとはまったく気づかなくて」

言ったあと、スッとボトルグリーンの瞳を伏せたルネが、「それより、むしろ」と考え込みながら続けた。

「なにかもっと、違う思いが込められているような――」

それは、ルネがあのメモの内容を最初に知った時に感じた印象だった。

それが、ああだこうだするうちに、いつしか「寓意図」に示された、「賢者の石」を探すためのヒントとなるものの隠し場所ということになっていた。

だが、こうして改めて説明していると、本当にそうなのだろうかと思えてくる。

「寓意図」に示されたもの――それを琥珀と仮定して、本当にそれが隠されている場所を示しているのだろうか。

でも、そうだとしたら、そもそも、見つけた人は、なぜそれを隠す必要があったのか。

（なんか、よくわからないな……）

サミュエルと別れたあとも、ルネがそんなことを徒然《つれづれ》に考えていた一方で、ダイヤモンド寮の自室に戻りながら、サミュエルはサミュエルなりに考え込んでいた。

（人を惑わす太陽の雫――ね）

その文言は、たしかにサミュエルの記憶にもあった。

彼は、何度となく「寓意図」を見ているので、いちいちたしかめなくてもわかる。

それより、問題は、ドナルドからその話を聞いたはずのセオドアが、今までサミュエルにその情報を教えずにいたことだった。おそらく、このところ、彼が執務室に来なかったのも、手にした情報について密かに調べていたからに違いない。

その推測は、サミュエルの自尊心を打ち砕いた。

（あの男――）

これまで腹心の部下として目をかけてきたセオドアの思わぬ仕打ちに、彼の中で怒りが爆発する。

まさに、「可愛《かわい》さ余って憎さ百倍」といったところだろう。

「……まあ、いいさ」

サミュエルは、幅の広い階段をあがりながら憎々しげにつぶやく。

「昨日の友は、今日の敵。――それならそれで、こっちもそれ相応の対応を取らせてもらうまでだ」

第三章　誰《た》がための提案

1

木曜日。

朝のジョギングから戻ってきたリュシアンは、ふだんなら先に戻っているエメが部屋にいないのを不審に思いながら、ひとまずシャワーを浴びてしまう。

リュシアンと同様、エメも朝はジョギングに出るが、リュシアンが敷地内の整備された道を走るのとは違い、エメは、夜が明けるのが早いこの時季には、周辺の安全確認と鍛錬を兼ねて敷地外の整備されていない山道を走りに行く。

しかも、リュシアンより先に出て、リュシアンのジョギングコースを点検してから山道に向かい、それでもリュシアンより早く戻って待っているのだ。

それを、飄々《ひょうひょう》とやってのける。

いったい、どれだけの体力と運動能力の持ち主であるのか。

バスルームから出ると、いつの間にかエメは戻っていて、澄まし顔で挨拶《あいさつ》を寄越した。

「おはようございます、殿下《アルテス》」

「──おはよう、エメ」

挨拶を返しながら差し出された制服の上着に袖《そで》を通したリュシアンが、「で？」といちおう問いかける。

「いつもより遅かったようだけど、途中でなにかあったのか？」

「いえ、別に」

「なら、速度が落ちた？」

「まさか」

そこははっきり否定して、エメが淡々と説明する。

「どこかに狙撃手《スナイパー》が隠れていないかと、いつもより念入りに見てまわってきただけです」

とたん、眉《まゆ》をひそめたリュシアンが訊《き》き返す。

「狙撃手《スナイパー》？」

「はい」

「また、なんで？」

問いを投げつつ、リュシアンが続ける。

「もしかして、国でクーデターでも起きたのかい？」

「いいえ。──我が国は、欠伸《あくび》が出るほど平穏です」

「だろうね」

うなずいたリュシアンが、いとも優美な呆《あき》れ顔をして「それなら、どうして」と改めて尋ねる。

「狙撃手《スナイパー》なんて──」

エメが答える。

「夢のせいですかね？」

「夢？」

興味を引かれたリュシアンが、問い返す。

「夢で、狙撃手《スナイパー》に狙《ねら》われた？」

「ええ。──貴方《あなた》が」

縁起でもないことを淡々と報告したエメが、「もっとも」と続ける。

「つかまえてみたら、その狙撃手《スナイパー》は私だったんですが──」

サイドテーブルの上からスマートフォンと連動している腕時計を取りあげていたリュシアンが、その手を止めて不審そうな視線をエメに送る。

「──なんか、意味深だね」

「ですね」

「……それって、僕はユングでも読んだほうがいいということだろうか？」

「ああ、そうですねえ」

顎《あご》に手を当てて少し考え込んだエメが、「まあ」と続けた。

「夢というのが、無意識における自己表出ととらえるなら、ええ、ぜひ」

なんとも遠回しな肯定の仕方をしたエメに、腕時計をはめる動作に戻りながらリュシアンが忠告する。

「なあ、エメ。もし、なにか悩んでいることがあるなら、遠慮なく――」

言いかけたリュシアンの言葉にかぶせるように、エメが答える。

「ありませんよ。――お気遣い、どうも」

その若干慇懃《いんぎん》無礼《ぶれい》と取れなくもない言動に、一瞬、美しい顔をひそめたリュシアンだったが、すぐに軽く肩をすくめ、「まあ」とあっさり受《う》け容《い》れた。

「君がいいならいいけど、ストレスを溜《た》めこみすぎるのは身体《からだ》に毒だから、適当にガス抜きはしてくれよ」

「わかってます」

「あと、例の本のことは、なにかわかったかい？」

エメの言動について気にならないわけではなかったが、リュシアンにとってのエメというのは、いちいちなにかを気にしてやらなければならないような存在ではないため、ひとまず放っておくことにした。

「それでしたら、そちらに――」

言いながら、エメが掌《てのひら》を返すようにしてテーブルの上を示す。

見れば、たしかに、クリアファイルに入った報告書が置いてある。

いったい、いつの間に置いたのか。

片眉をあげたリュシアンが、手を伸ばしつつ褒める。

「相変わらず、やることが早い」

「ありがとうございます」

軽い目礼とともに言ったエメを前にして、リュシアンは早速目を通す。このあと、二人は朝食に行く予定であるが、途中でルネに会うかもしれないことを思うと、その前にどうしても読んでしまいたかったのだ。

ざっと目を通したリュシアンは、ある箇所に目を留めて小さくつぶやいた。

「――ドッティ？」

その反応に対し、ドアの前で待っているエメがどこか皮肉げに小さく口元を引きあげたが、リュシアンは気づかず、そのまま報告書を読み続けた。

2

朝食後。

きちんと制服を着た生徒たちが、雪崩《なだれ》を打って校舎エリアへと向かう。

初夏の風に乗って流れる、生徒たちのざわめき。

その中には、スマートフォンを片手にうつむいて歩くハリの姿もある。

一人で歩く彼にとってスマートフォンは友人であったが、その向こうに誰か気安く話す相手がいるわけではない。むしろ、祖父からのメールや電話は恐怖以外のなにものでもなかったが、それでも、彼はスマートフォンを手放すことができずにいた。

画面と向き合っていれば、ひとまず居場所を確保できるからだ。

そんな彼の横を、二人の生徒が追い抜きざまに会話をしていく。

「ドニー。例の話だけど、ギャラリーは、今日から通常通り自由に出入りができるようになるそうだ」

「へえ」

「ということで、早速、仕掛け箱について小論文を書くという名目で、例の箱を手に取って観察する許可を得た」

「さすが、やることが早い」

「当然」

得意げに応じた生徒が、「そこで、今日の昼」と続ける。

「みんなが食事をしている間に、あの箱を調べてしまおうと思っているんだが——」

「昼？」

「ああ。そのほうが、人目がなくていいからな」

「それなら、昼食は抜き？」

「そんなの、あとで、残り物をかきこめばいいだろう」

説得され、ドニーが渋々了承する。

「わかった」

「では、午前中の授業が終わったら、ギャラリーに来てくれ」

そんな約束が交わされる一方、あとからやってきた第三学年の集団の一人が、ハリに気づいて声をかけた。

「おおい、ケアリー」

ハッとしてスマートフォンから顔をあげたハリを、その生徒が明るく誘う。

「なあ。今日の昼休み、グラウンドの予約ができたから、みんなでサッカーをやることにしたんだけど、君も一緒にどう？」

「——え？」

まさか誘ってもらえるとは思ってもみなかったハリが、戸惑いつつ「えっと」と返事をしようとすると、同じ集団にいた別の生徒が先に言った。

「無理無理。そいつは、サッカーなんかに興味はないって」

「そうそう」

相槌《あいづち》を打った仲間が、「興味があるのは」とふざけた口調で応じる。

「伝説の『賢者の石』だけだよな？」

「『賢者の石』って、魔法みたいになんでもできる石？」

「そうだけど、そんなもん、実際にあるわけがないのにな」

「でも、こいつは、必死に探しているわけだ」

「『隠者』だから」

「バカじゃねえの？」

「というより、取り憑《と》かれてんだよ」

そこで、一斉に笑いが起きる。

すると、最初にハリに声をかけた生徒が、怒ったように応じた。

「おい、止めろよ」

それから、ハリに向き直って謝る。

「ごめん。からかうつもりじゃなかったんだ。――ただ、たまにはみんなと遊んだほうがいいと思っただけで」

それに対し、うつむいて答えないハリに、その生徒はさらに言う。

「ねえ、ケアリー。今日が無理でも、もし一緒に遊びたくなったら、いつでも声をかけてくれていいから――」

そんな彼の申し出を否定するように、背後の仲間たちが言う。

「おい、もう行くぞ」

「『隠者』に関《かか》わっていると、お前も『隠者』になるぞ」

「あ～。でも、俺も『賢者の石』が欲しい。そうしたら、試験勉強なんてしないで済むわけだから」

「そんなの、『暗記パン』でよくない？」

日本の有名なアニメを彷彿《ほうふつ》とさせる提案をした生徒に、相手からは「いや」とやけにきっぱりとした否定が返った。

「俺、そんなに、パンばっかり食いたくないから」

夢のアイテムに対し、なんとも現実的な問題を掲げたものである。

そうして遠ざかっていく集団を見送ったハリが、ややあってつぶやく。その表情は、今にも泣きだしそうだ。

「だって、仕方ないじゃないか。好きでやっているわけじゃない。僕だって、みんなと遊びたいのに。――なんで、僕だけこんな」

言葉と同時に蹴《け》り上げた地面から、パッと砂埃《すなぼこり》が巻きあがる。

その場に渦巻く悲しみと絶望――。

そうして遠くを見つめていたハリの口から、やがてこんなつぶやきがもれた。

「……いっそ、あんなもの、なくなっちゃえばいいのに」

3

「……いっそ、あんなもの、なくなっちゃえばいいのに」

そんなつぶやきを耳にしたルネは、ふと足を止めてあたりを見まわす。

そこから伝わってくる負の感情があまりにも大きすぎて、とても心配になったのだ。

（いったい誰が——？）

そう思ったルネの視界に、一人の生徒の姿が飛び込んでくる。

ハリ・ケアリーだ。

しかも、どうも、様子がおかしい。

それだけでなく、気のせいかもしれないが、彼のまわりに黒い影のようなものが渦巻いているようにも見えた。

「ケア——」

とっさに声をかけそうになったルネだったが、その時、背後から「ルネ」と呼ばれてハッとしながら振り返る。

そこに、リュシアンの優美な姿があり、ルネの気持ちはあっさりそちらを向く。

朝日の下で見るリュシアンは、本当に金色の髪が輝いていて、まさに神話に出てくる英雄か大天使のようである。

「──リュシアン」

「やあ、おはよう、ルネ」

「おはよう」

応《こた》えたルネは、さらに、彼らを追い抜いて先に行こうとしているエメにも挨拶する。

「おはよう、エメ」

「おはようございます、デサンジュ」

そのまま立ち去るエメを見送り、リュシアンが軽く首をかしげて訊く。

「それはそうと、朝からそんなところに佇《たたず》んで、どうかしたのかい？」

指摘され、初めて自分が足を止めていたことに思い至ったルネは、そこでさらに直前の出来事を思い出し、「あ」と言いながら視線をさまよわせる。

だが、そこにいたはずのハリの姿はすでになく、しばらくあたりを見まわしたあと、最終的にリュシアンのほうに顔を戻して答えた。

「……ううん。なんでもない」

「そう？」

疑わしげに言ったリュシアンが続ける。

「なんでもなさそうには見えないけど、なにかあれば相談に乗るよ？」

「大丈夫」

小さく微笑《ほほえ》み、ルネは言った。

「僕が悩んでいるわけではないから」

「へえ」

それなら、いったい誰が悩んでいるというのか。

考える素振りを見せながらリュシアンが尋ねる。

「……そういえば、今朝《けさ》はビュセルと二人でご飯を食べていたね？」

「あ、うん、そう」

よく見ている。

たしかにその通りで、今朝は誘いに来たエリクと二人でご飯を食べに行った。

ルネとアルフォンス、ドナルドとエリクの関係は、今や薄氷を踏むようなものになっている。

この一年、アルフォンスとルネが険悪になっても、エリクとドナルドが良い緩衝材《い》になってくれたおかげでなんとかやってこられたようなところがあった。

だが、今回は、ルネとアルフォンスの関係が悪化するのと同じタイミングで、エリクとドナルドまでもが仲違《なかたが》いしたため、にっちもさっちもいかない状況が生み出されてしまったのだ。

それでも、当初はみんな、暗黙の了解のようになんとか四人でご飯を食べに行くようにしていたのだが、だからといって四人の関係が改善するわけではなく、むしろ、その場の空気の悪さに辟易《へきえき》し始めた。

それで、その都度《つど》理由をつけては一人、二人と早々に抜けることが多くなり、今朝はついに、完全に最初から二対二の構図になってしまった。

不思議なもので、仲がいい時はなんてことない相手の癖などが、険悪になったとたん、すごく気になったりするようなのだ。

それで文句を言って、さらに関係が悪化する。

ルネとアルフォンスは、口をきかなくなることで関係が悪化していくため、そのような喧嘩《けんか》はあまりしないのだが、エリクとドナルドは、どうやら、その手の小競り合いが増えてしまっているようだった。

(もしかしたら、このまま学年をあがるのはちょっと難しいかもしれないな……)

そんな懸念が、ルネの中にも芽生え始めている。

溜息《ためいき》をつきそうな顔をしているルネを見て、リュシアンが苦笑気味に尋ねた。

「もしかして、前途多難?」

「そうだけど、でも、そういえば、この前言っていた部屋替えの件は、正直、まだ悩んでいるんだ」

顔色を窺《うかが》うように言ったルネに対し、「ああ、うん」とうなずいたリュシアンが、歩くようにうながしながら応じる。

「言ったように、返事は特に急がないけど、それってやっぱり、今の流れで結論を出したくないってことなのかい？」

図星を指され、ルネが認める。

「そうだね。こんな風に喧嘩をした状態で部屋替えを申し出るのは、なんか違う気がするんだ」

「なるほど」

むしろふつうは、だからこそ部屋替えをしたいと主張すべきところだが、ルネはそうはならない。

リュシアンが、その点を指摘する。

「それって、すごく君らしいね」

「そうかな？」

「うん」

うなずいたリュシアンが、右手の人さし指をあげて言う。

「部屋替えをするにしても、デュボワとの関係を良好に維持したまま、別の目的遂行のためにしたいわけだろう？」

「つまり、君は、なんだかんだ言っても、きちんとデュボワのことが好きなんだな」

「まあ、そうだね」

「うん」

しっかりとうなずいたルネが、「少なくとも」と付け足した。

「嫌いではない」

そんなルネが知りたいのは、アルフォンスの本音だ。

彼に嫌われているとまでは思わないが、今現在、ルネと同室でいることに苛立《いらだ》ちを覚えているのはたしかだろう。

それならそれで、同室者《ルームメイト》でいることを止《や》めたら、その苛立ちはなくなるものなのか。

それとも、より悪化するのか。

苛立ちがなくなるなら、前向きな同室者《ルームメイト》の解消もあり得る。

でも、問題はもっと別のところにあるかもしれず、ルネは、そのあたりのことを掘り下げて考えてみたいのだ。

悩むルネに、リュシアンが言う。

「だったら、まあ、エメのためにも、まずはデュボワとの関係改善に力を注いでみるといい。及ばずながら、僕も協力するし」

とはいえ、今回はリュシアンにも具体策はないようで、「それはそれとして」とあっさり話題を変えた。

「例の本について、エメが調べてくれて」

「え、もう？」

びっくりしたルネが、感心して言う。

「——相変わらず、すごい調査能力だね」

「まあ、彼は優秀だから」

淡々と認めたリュシアンが、「で」と告げる。

「その結果、面白いことがわかったんだけど、あの本を、この学校の図書館から最後に借り出したのは、僕たち——というか、どちらかというと君ととてもゆかりのある人物の関係者だった」

「僕とゆかりのある人物？」

「そう」

興味を引かれるルネに、リュシアンがゆっくりとその名を告げた。

「あの本を最後に借りたのは、バートン・ドッティだった」

「バートン・ドッティ？」

いかにも聞き覚えのある名前に反応し、ルネが目を丸くして訊き返す。

「ドッティって、まさか？」

「そのまさかで」

認めたリュシアンが、「バートン・ドッティは」と告げた。

「第四学年のセオドア・ドッティと、君の隣人であるドナルド・ドッティの祖父にあたる人物だ」

「祖父──」

鸚鵡返《おうむがえ》しに言ったルネが、確認するでもなくつぶやく。

「つまり、おじいさん」

その衝撃の事実をしばらく吞《の》み込めずにいたルネが、ややあって訊いた。

「──え、そのことって、ドッティ家の二人はわかっているのかな？」

「いや。たぶん、まだ知らないと思う」

答えたリュシアンが、「ただ」と指摘する。

「それって、ちょっと変だと思わないかい？」

「変？」

繰り返したルネが、わからずに訊き返す。

「どうして、変だと思うの？」

「だって、彼らの祖父が『賢者の石』を探すヒントになるようなものを、他の人間に先んじて手に入れたのだとしたら、そもそも隠す意味がわからないし、隠したとして、そのことが子孫に伝わっていないというのも、納得がいかない」

「――あ」

ようやくリュシアンの抱く疑問に思い当たったルネが認める。

「たしかに、そうだ」

もし、ドナルドの祖父が隠したものなら、彼に訊けば、その所在などすぐにわかるはずである。――にもかかわらず、最近の様子からして、ドナルドが従兄弟《いとこ》のセオドアと一緒に、あのメモに基づいて、ルネたちと同様、色々と調べまわっているのは明らかだ。

「まあ、あのメモが、最後に借り出したバートン・ドッティが残したものであると決めつけてかかるのも若干根拠が薄いけど、仮にそうだった場合、なぜ、彼がせっかく見つけたものを隠す必要があったのか――という点については、はなはだ興味がある」

「そうだね」

「もっとも、その件は当人に確認すればいいことであって、その前に僕たちの手で隠されたものを見つけだしたいと思うならば、例のメモにあった『迷いの道』については、もしかしてこれかもしれないというのが、ギャラリーの新しい展示物の中にあることがわかったんだ」

「え、本当に？」

またもや驚くルネに、リュシアンが「もっとも」と応じる。

「僕も、まだ実物を見たわけではないので、本当にそれが『迷いの道』に相当するかどうかはわからない。ただ、新しい展示物の中に気になるものがリストアップされているのは間違いないから、もし、君さえよければ、今日の昼休み、一緒にギャラリーに行ってみないかい？」

「行く！」

ルネは、一も二もなく同意する。

どうせ、今のままなら、この昼休みも、アルフォンスやドナルドたちはてんでバラバラに過ごすはずだ。だとしたら、ルネはルネで、リュシアンと小さな冒険に出るのも悪くない。

そこで二人は、昼食のあと、ギャラリーの入り口で待ち合わせをすることにして、いったん、それぞれの教室に向かった。

4

同じ日の昼休み。

アルフォンスは、一人、ギャラリーへとやってきた。

ちなみに、昼食も一人だった。

今朝は、エリクがルネを連れて先に食堂に行ってしまったため、ドナルドと二人でご飯を食べる羽目になり、今度は、そのドナルドが昼食をパスしたため、ついに一人になったのだ。

もっともアルフォンスの場合、一人で行動するのは苦ではなく、先ほどの昼食も、自分から誘えば誰かしら捕まえることはできたのだが、昼休みにやりたいことがあって急いでいたため、その手間を省いただけである。

ただ、だからといって、今の状態をいいと思っているかといえば、決してそういうわけではなく、とても不満に思っている。ルネとの関係もそうだし、案外、ドナルドとエリクの存在も、彼にとっては結構大きなものであったことに、こうなってみて初めて気づいた。

（だいたい――）

アルフォンスは、苦々しげに思う。

(なんで、あいつらまで喧嘩する必要があるんだ――?)

自分のことは棚にあげて、二人を非難する。

(しかも、つまらないことで喧嘩しやがって)

アルフォンスからしたら、どちらかが「ごめん」と一言謝れば済むようなことを、それぞれが意地を張ってややこしくしているとしか思えない。昨日、一昨日のように、互いを意識して食堂で先を争って小競り合いを繰り広げるくらいなら、さっさと仲直りすればいいのだ。

競い合っている間は、お互いがまだ眼中にあるということなのだから――。

ルネを見ろ、とアルフォンスは二人に言いたい。

小競り合いをするにも、彼はそこにいないのだ。

(もぬけの殻だぞ)

憤懣《ふんまん》やるかたなく、アルフォンスは考える。

ルネは、本当に扱いが難しい人間だと、アルフォンスはこの一年で心底思うようになった。というのも、ふつう、イラッとすることをされたら、相手もやり返そうと必死になるものだが、彼は違う。

存在を消すのだ。

昆虫で言ったら、擬態するタイプだろう。

おかげで、時おり、ルネが部屋にいることを忘れてしまうくらいで、アルフォンスはよく、ルネを前にして、取っ手のない防音扉の前で必死に「開けろ」と叫んでいる気持ちになる。

あるいは、水晶玉の中に住んでいる妖精《ようせい》を相手にしている感じか。

それでも、一年の後半は、ずいぶんとそんなルネの扱いにも慣れてきた気がしていたのに、ここに来てこの状態になるとは、やはりまだぜんぜんわかっていなかったということだろう。

（あいつは、天然記念物か――）

そんなことを考えながらギャラリーに近づいたアルフォンスの前に、二人の人物が立ちはだかる。

昼食をパスしたドナルドと従兄弟のセオドアだ。

最近、よく見かけるようになったこのコンビ。

人気《ひとけ》のないギャラリーでなにやらコソコソとやっていたらしい二人は、アルフォンスの姿を見ると一瞬ギクリとし、それから、ドナルドが眼鏡《めがね》の奥の目を見開いて「やあ」とぎこちなく挨拶をした。その背後では、セオドアがそそくさと、それまで見ていたらしい箱を展示場所に戻している。

ドナルドが続けた。

「アル。――えっと、昼食をパスしてごめん。もう食べ終わったんだ？」

「ああ」

うなずいたアルフォンスが、チクリと嫌みを言う。

「しゃべる相手もいなかったからな」

「え、ルネとエリクは？」

「俺が知るか」

「そうか――」

喧嘩中だったのを忘れていたのか。

それとも、自分がいない間にまわりが元通りになっていることを望んでいたのか。

少々がっかりしたように応じたドナルドの背後でクスッと笑ったセオドアが、「君たちは」と言う。

「どうしてなかなか、青春を楽しんでいるようだね？」

「青春？」

呆れたように応じたアルフォンスが、「あんたの言う」と訊き返す。

「青春というのは、腹の探り合いをすることなのか？」

「そういうわけではないけど、それだって、あとから考えたらいい思い出だろう」

「なるほど」

ひとまず受け容れたアルフォンスが、「だから」と言い返す。

「あんたとサミュエル・デサンジュの間にも、いちおう友情らしきものが成立しているってわけなんだな」

「――アル」

ドナルドが牽制《けんせい》するようにアルフォンスの名前を呼ぶが、その肩を押さえて止《と》めたセオドアが、「君の言う通り」と応じる。

「僕とサミュエルの場合、なかなか怪しい友情かもしれないけど、それを言ったら、君とドニー、そしてなにより、ルネ・イシモリ・デサンジュの間にだって、そもそも友情なんてものが成立するのかい？」

さすが、政治家に向いた性格をしているだけはあり、セオドアは決して怒らず、ただやられたことを倍返しにする形で言葉のパンチを繰り出した。

しかも、反撃する隙《すき》を与えず、オレンジがかった琥珀色《こはくいろ》の瞳《ひとみ》を光らせたアルフォンスを見返し、「ということで」と言い合いを一方的に切り上げる。

「どうやら、君も、僕たちに後れてその仕掛け箱を調べに来たようだが、残念ながら中身は空だったよ」

背後の棚を顎で示して言ったあと、「隠し扉も」と続けた。

「ドニーが見つけて調べたけど無駄だった。――ただまあ、そう言われて素直に聞く性格とも思えないし、もし、自分で調べたければ、僕が許可を取ってあるので、君も好きに調べたらいい」

余裕を見せてそう告げると、彼はドナルドを従えて歩きだす。

「ああ、ただし」

アルフォンスの横を通り過ぎながら片手の人さし指をあげたセオドアは、一言釘《くぎ》を刺すのを忘れない。

「なにもないからって、その箱に八つ当たりをして、美しい工芸品を壊すような子どもじみた真似《まね》だけはしないでくれよ。――これでもいちおう、デュボワ家の良識を信じて言っているんだからな」

そうして去っていく二人を見送ったアルフォンスは、ややあって今しがたの鬱憤《うっぷん》を晴らすようにチッと大きく舌打ちし、棚に収められた仕掛け箱の前に立つ。

蓋《ふた》に『迷宮図』の描かれたこの箱は、秘密を隠すのにピッタリだと思ったのだが、残念ながら調べ尽くされたあとのようだ。

(ドニーが調べてもなかったか――)

アルフォンスは、仕掛け箱を前にして食傷気味に思う。

今や完全にライバルと化しているドナルドは、パッとした華やかさがない分、この手の地味で地道な作業は得意だ。

そんな彼の能力を知っているアルフォンスからすると、彼が調べて見つからなかったのなら、まず、この中になにかあるということはないだろう。

あのメモを目にして以来、ドナルドとアルフォンスは独自に動き始め、結局はこうして同じ結論に辿《たど》り着《つ》いた。

ただし、セオドアが言ったように、アルフォンスはわずかに後れをとっている。

自力でここまで来たアルフォンスと違い、ドナルドには、すでに何年もこの学校に在籍しているセオドアがついているのだから当然と言えば当然なのだが、負けず嫌いのアルフォンスにしてみると、なんとも気に食わない結果であった。

(――ったく)

誰にというより、おのれに対して罵《のの》りの声をあげたい気持ちで、アルフォンスが、念のため、仕掛け箱に手を伸ばして、それを振ったりひっくり返したりしていると――。

「相変わらず、人の言うことを信じないんですね、デュボワは。――今、セオドア・ドッティが『空だ』と言っていたでしょう?」

ハッとして振り返ると、そこにエメが立っていた。

濡《ぬ》れ羽色《ばいろ》の黒髪。

プラチナルチルを思わせる銀灰色の瞳。

彫りの深い端整な顔をピクリともさせずに、エメが「それに」と続けた。

「彼らが来る前に僕も調べてみましたが、絶対にそこに秘密は隠されていません。保証します」

驚きから回復したアルフォンスが、口元に不敵な笑みを浮かべて応じる。

「悪いが、俺をそのへんの単純バカと一緒にしないでくれないか？」

それから、「お前こそ」と付け足した。

「珍しく一人でこんな場所に現れて、よもや迷宮にはまってご主人様の姿を見失ったなんてことはないだろうな？」

「どうですかね」

近づきながら軽く首をかしげたエメが、「もっとも」と反論する。

「迷宮というのは、本来、大事なものに辿り着くための道標《みちしるべ》的な役割を負っているはずなんですけど、貴方やドッティの場合は、大事なものからどんどん遠ざかっている気がします」

「なんだと？」

目の前に迫った澄まし顔を睨《にら》んで、アルフォンスが訊く。

「それは、どういう意味だ？」

「言葉通りの意味です。――特に貴方の場合、絵の中の宝物を追いかけているうちに、身のまわりから大切なものが消え去っている可能性がある」

アルフォンスのオレンジがかった琥珀色の瞳を見返し、エメがうっすらと笑いながら続けた。

「なんと言っても、部屋替えの申請の受け付けが間近に迫っているというのに、同室者《ルームメイト》の気持ちを見失ったまま、貴方は実にのんびりと構えていらっしゃるわけですから」

痛いところを突かれたアルフォンスが、鼻を鳴らして言い返す。

「は。――たとえそうであったとしても、そんなこと、お前になんの関係がある？」

エメはアルトワ王国皇太子の護衛兼従者として抱き合わせ入学をしているので、他の第一学年の生徒たちが部屋替えに浮かれるこの時期も、蚊帳《かや》の外であるはずだ。

それなのに、いったい何が言いたいのか。

すると、エメからは意外な言葉が返ってきた。

「正直、関係は大ありですし、言っておきますが、そんな状態では、トンビに油揚げを持っていかれても、悪いのはトンビではないって話ですよ」

「トンビ？」

なんとも意味深な発言に対し、スッと目を細めたアルフォンスが、それまでとは打って変わって低い声音になり、「――お前」と不審げに問いかける。

「なにが言いたいんだ？」

「さあ、なんでしょうね……」

そこで、一瞬迷うように目を伏せたエメが、「ただ」と言いながら視線を戻し、プラチナルチルのような銀灰色の瞳を光らせて告げた。

「部屋替えのことを気にしているのは、なにも貴方たちだけではない。——うちの殿下も興味津々ということですよ」

5

アルフォンスとエメが話しているギャラリーの外では、リュシアンと待ち合わせをしていたルネが、扉の前に立つ友人の高雅な姿に向かって全力疾走していた。

その姿には、傍《はた》で見ていてハラハラしてしまうような危うさがある。

ふだん、敏捷《びんしょう》なエメを見ているリュシアンにしてみたら、余計頼りなく思えるのだろう。なんとも、心配そうに見ている。

しばらくしてなんとかこけずにリュシアンの前に辿り着いたものの、息が切れてしゃべれなくなったルネが身体を折り曲げて息を整えていると、その頭上で、リュシアンが安心させるように言った。

「——ルネ。努力は買うけど、そんな必死にならずとも、僕は逃げないよ?」

「そう……なんだけど、遅れちゃ……悪いと思って」

切れる息の合間に言ったルネが、身体を起こして続けた。

「なんか、一人でご飯を食べていたら、指導上級生が気になったみたいで声をかけてくれて、そのまま話し込んでしまったんだ」

「うん。知っている」

応じたリュシアンが、「食堂を出る時」と伝えた。

「君たちのことが見えたから」

ギャラリーに入るための扉を開け、ルネを先に通しながらリュシアンがさらに言う。

「それで、いちおう、『慌てなくていい』とメールも入れておいたんだけど」

「――え、本当に？」

気づいていなかったルネがトートバッグからタブレットを取り出そうとするが、リュシアンは「今さら見ても仕方ないから」とそれを押しとどめた。

「それより、そのタブレットと連動する腕時計が売店で買えるから、お小遣いに余裕があるなら買うと便利だよ」

「ああ、うん」

うなずいたルネが、「それ」と答える。

「アルも使っていて、いつも『買え』って言われる」

ただ、ルネは、タブレットと連動する腕時計をつけることに若干抵抗がある。

というのも、昔、パワーストーンに興味があって調べた際、エネルギーが左手首から入って全身を流れ右手首から出ていくという話を読み、以来、左手首に、人が本来持っている電磁波の流れを乱すようなものをつけたくないと思うようになったからだ。

それをつけることで、自然界から入ってくるエネルギーが遮断されるイメージがあるせいだろう。結果、自然の時間から切り離され、人工的な時間の中に閉じ込められてしまう気がするのだ。

もっとも、自分の力で前向きな時間を作りだすという意味では非常に便利な装置であるのもたしかであり、要は使い方の問題なのだろう。

リュシアンに言われたことで少し乗り気になったルネの横で、ふと足を止めたリュシアンが「――へえ」と意外そうにつぶやいた。

「これは、珍しい取り合わせだな」

その声でハッとしたルネが見やると、展示物の前にはエメと、こちらに背を向けて立つアルフォンスの姿があった。

「――アル？」

驚くルネに対し、こちらを振り返ったアルフォンスが、ルネではなく、真《ま》っ直《す》ぐリュシアンを見すえて言った。

「――お前、ふざけんな」

突然の台詞《せりふ》。

しかも、その一瞬、ルネの目には、アルフォンスの全身から炎が立ちのぼったように見えた。

怒りの炎だ。

アルフォンスは、なぜだかわからないが、とてつもなく怒っている。しかも、その怒りは、ルネではなくリュシアンに向けられていた。

いったい、どうしたというのか。

戸惑うルネの横で、リュシアンが訊き返す。

「それ、僕に言っている？」

「そうだよ！」

激しい怒りを隠そうともせず、アルフォンスが続ける。

「お前、ルネを従者代わりにするつもりらしいな」

「——は？」

リュシアンが、美しい顔を歪《ゆが》めて尋ね返す。

「いったい、なんのこと？」

「とぼけても無駄だ。どんな酔狂を起こしたのか知らないが、お前が、忠実な従者を追い出して、ルネをその代わりに据えようと企《たくら》んでいるのは知っている」

それに対し、ハッとしたのはリュシアンだけではない。ルネもドキリとして、アルフォンスとエメを交互に眺めた。

どうやら、リュシアンの提案が、二人にばれてしまっているようだ。

しかも、最悪の形で——。

だが、いったいなぜなのか。

頭の中が真っ白になったルネに対し、不思議そうに「……どうして」と言いかけたリュシアンが、すぐにエメに視線を流して尋ねる。

「……まさか、君が？」

もちろん、リュシアンには見当もつかないことであったのだろうが、この状況で涼しい顔をしているエメを見れば、彼がすべてを把握しているのは一目瞭然《いちもくりょうぜん》だ。

そして、それは二重の意味で、リュシアンに衝撃を与えたようだ。

「だとしても、なぜ——」

よりにもよって、アルフォンスに話したのか。

これは、完全に裏切り行為である。

エメは、リュシアンを裏切った。

リュシアンの問いかけに対し、初めて瞳を揺らしたエメが、スッと視線を彼から逸《そ》らして下を向く。

そこに見え隠れする複雑な心理——。

ただ、それらを深く考える隙を与えず、怒りのままにアルフォンスが言う。

「ちょっと気に入ったからって、人のものを取りあげて楽しんでんじゃねえよ」

とたん、リュシアンも気を悪くしたように冷たく応じた。

「人を泥棒みたいに」

「実際にそうだろう。——泥棒が嫌なら、略奪者だよ」

「だから、誰が、いつそんなことをしたって？」

リュシアンは、あくまでも冷静に対応しようとするが、その努力をアルフォンスが無駄にする。

「意識にないところが、オソロシい。——王子様は、昔から、言えばなんでも手に入ってきたから、それが当たり前になっているんだろうな」

「なんでも？」

片眉をあげて応じたリュシアンが、「よく言うよ」と言い返す。

「僕のことなんて、これっぽっちも知らないくせに。——だいたい、『人のものを取りあげて』と言ったようだけど、少なくとも、ルネは『もの』ではないし、言わせてもらえば、『ちょっと』なんて程度ではない、友人としてものすごく気に入っている」

堂々と宣言し、さらに厳しく糾弾する。

「僕からしてみたら、君のほうこそ、最初からまったくルネのことを抱え込めていないわけで、でも、そのことを認めるのが嫌で人のせいにしているだけ——」

言葉の途中であったが、怒り心頭に発したらしいアルフォンスが先に手を出す。

ハッとしたルネが止める間もなく、彼の右手がリュシアンの左の下顎《かがく》のあたりをとらえていた。

避《よ》けきれずによろけたリュシアンの胸ぐらをつかもうとしたアルフォンスに、素早い動きでリュシアンが反撃する。

こちらもとっさに避けきれず、腹にフックを食らったアルフォンスを、ルネが背後から支えつつ、さらに反撃しようとする身体を必死で押さえようとした。

「アル、止《や》めて」

だが、すぐに引きずられ、二人が胸ぐらをつかみ合うのを止められずにいる。

無力さの中で、ルネは必死に叫んだ。

「――エメ、止めて、お願い！」

すると、それまで完全に傍観者の顔をして突っ立っていたエメが、小さく溜息をつき
「バカバカしい」と吐き捨てたあと、ようやく興奮するアルフォンスを後ろから羽交い締めにして、リュシアンから引きはがしてくれる。

その間、ずっとアルフォンスとリュシアンは、互いに憎しみの目を向けていた。

アルフォンスが、引きはがされながら言った。

「放せ、バカ。一度、ズタボロにしないと、あの高慢さは直んねえぞ」

それには答えず、エメは淡々とアルフォンスを引きずるようにして距離を取り、ある程度離れたところで、入り口のほうへと押しやった。

さすがに戦意を喪失したらしいアルフォンスが、殴られた脇腹《わきばら》のあたりを手で押さえながら吐き捨てる。

「そうやって甘やかすから、あいつはつけあがるんだ。――いつか後悔するぞ、エメ」

「かもしれませんね」

それまで黙っていたエメが答えると、その顔をチラッと見やったアルフォンスが、フンと鼻を鳴らして踵《きびす》を返した。

そのまま、ギャラリーを出ていく。

ルネが、慌ててそのあとを追う。

「アル、待って――」

扉の開閉する音が室内に響き、それを最後に、あたりは静まり返る。

しんとした室内に立ち尽くしていたリュシアンに、エメがスッとハンカチを差し出しながら言った。

「唇が切れていますね。たぶん、痣《あざ》になるでしょう。――きれいな顔が台無しです」

それに対し、しばらく奇妙なものでも見るようにエメを見つめたリュシアンが、やがてハンカチを受け取り、唇を拭《ふ》きながら言った。

「そんなことを言われてもね。――だいたい、君なら一発目だって止められたはずだな？」

「そうですね」

「なのに、止めなかった？」

「ええ」

うなずいたエメが、明言する。

「できれば、私が貴方を殴りたいくらいでしたから――」

「なるほど」

つまり、経緯はどうあれ、リュシアンが密かに部屋替えを考えていることを知ってしまったエメは、内心で傷ついていたということである。

しかも、よくよく考えたら、その表出は今に限ったことではない。

「だから、狙撃手《スナイパー》か」

少し前にエメが見たという夢を取りあげて納得したリュシアンが、汚れたハンカチを返しながら訊く。

「ただ、そうだとしてもわからないのは、今回の情報源だよ。――君、どうやって、僕がルネに部屋替えの件を打診していることを知ったんだ？」

ルネが誰かに話すとは思えない。

そのあたりは、信頼している。

だが、他にこの件を知っている人間がいないことを思えば、考えられることとして、盗聴器を仕掛けられていたということくらいだ。

エメならやりかねないが、それもまずないと考えたい。

リュシアンが、「もしかして」と探りを入れる。

「僕、寝言でも言ったかい？」

「いいえ」

否定したエメが、「信じられないことだとは思いますが」と告げた。

「あの時、たまたま私も図書館にいて、貴方がデサンジュに提案しているのを聞いただけです。——これはあるあるの話ですが、いつも情報を求めてあちこちにアンテナを張り巡らせていると、時として、頼んでもいないのに情報のほうからすたこらさっさとやってくることがあるんです」

「ああ、それは、わからないでもないな」

認めたリュシアンが、「だけど、エメ」と苦言を呈する。

「だからといって、なにもデュボワに告げ口しなくてもいいはずだな。言えば、どうなるかは容易に察しがついたわけで、君は最悪の判断をくだした。状況を悪化させるという点もそうだし、わかっていると思うけど、僕の信頼を損なうという点でもね」

「……そうですね。わかっています」

珍しく下を向いて認めたエメが、「ただ」と言い訳した。

「貴方が私をだしにしておいて、それを『私のためだ』などと言っているところが、本当に腹立たしかったものですから」

「だし――」

そんなつもりはまったくなかったが、指摘されると、「なきにしもあらず」と思える節もあり、リュシアンは両手を開いて謝った。

「たしかに、そうかもしれない。決して意識していたわけではないけど、だとしたら、本当に悪かったよ。――謝る」

リュシアンの素直な謝罪に対し、エメも唇を噛《か》んでから謝った。

「私も、おっしゃる通り、軽率でした。申し訳ありません」

人の心というのは、かくも不安定でわかりにくいものである。

まして、彼らはまだ十代の子どもだ。

「つまり、これでお相子《あいこ》ということだな」

いちおう決着がついたところで、「ただ」とリュシアンが主張した。

「これだけはわかってほしいんだけど、ルネは、本気で君のことを心配している。一人でいる君のことが、気になって仕方ないようなんだ」

「――わかっていますよ」

エメが、溜息交じりに応じる。

「あの方に邪気がないのは、私にもうわかっています。——でも」

そこで顔をあげ、いつものように毅然《きぜん》と銀灰色の瞳を光らせたエメが、どこか誇らしげに宣言した。

「エメ家に生まれた時点で、私は友人作りなんて諦《あきら》めていますから」

それを聞き、リュシアンは小さく首をかしげる。

なんとも心強い宣言だ。

主《あるじ》としては、喜んで然《しか》るべき言葉であったが、リュシアンはどこか「よし」と言えない自分がいるのに気づいていた。

本当に、そんな風に決めつけてしまっていいのだろうか。

自分たちは、まだまだ成長期にある身の上である。

それなら、エメにだって、悩んだり迷ったりと友人関係でもまれながら青春を謳歌《おうか》する時間があってもいいはずだ。

今回は、おのれの安易な考えで始めたために、こんな中途半端な結果に終わってしまったが、このことは、もっとゆっくり考えてみる必要があるのかもしれないと、リュシアンは思った。

ただ、これはおそらく、ルネと親しくならなければ、エメと同様、当たり前のこととして考えもしなかったはずで、人は価値観の違う相手だからこそ多くを学べるものなのだと改めて実感した。

それに、他人と交わることで、知らないうちに、いい影響も悪い影響も互いに与え合って生きていき、だからこそ、いい影響を与え合える友人というのは、どんな宝石にも代えがたい輝きを放つのだろう。

そんなことをしみじみ考えていたリュシアンの前で、制服の内ポケットからスマートフォンを取り出したエメが、画面を見おろした瞬間、とても変な顔をし、そのままリュシアンに問いかける。

「もしかして、殿下《アルテス》。先走って、部屋替えの件を王宮のほうに打診しましたか？」

「ああ、したよ。──誘っておいて、許可がおりなければ赤っ恥だからね。いちおう、可能性を問い合わせたけど」

答えたリュシアンが、訊き返す。

「なぜ？」

「いえ」

顔をあげてスマートフォンの画面を見せたエメが、苦々しげに報告する。

「たぶん、貴方のことが心配になったのでしょうね。──陛下から私のところへ直々《じきじき》に、なにかトラブル発生かと問い合わせのメールが来ています」

「──父上から？」

目を見開いたリュシアンが、メールを読んで改めて驚く。

「本当だ。——でも、そうか」

激務に忙殺されている父親が、よもや子どもの学校の部屋替えのことにまで口をはさんでくるとは思ってもみなかったリュシアンが、ここに至って、なんとも美しい困り顔で続けた。

「そうなると、やっぱり、僕は、今回の件ではちょっと早まったのかもしれないね」

改めて反省するリュシアンであった。

6

一方。

アルフォンスを追いかけるルネは、相手の腕を引きながら必死に訴えた。

「アル、待ってってば！　話を聞いて――」

それなのに、アルフォンスは鬱陶《うっとう》しそうにその腕を振り払うと、一人でずんずんと歩き去ってしまう。

怒っていた。

怒りからの完全シャットアウトだ。

最悪の状況である。

このままだと、どうなってしまうのか。

決まっている。

今話し合わなければ、ルネは、本当にアルフォンスのことを見失ってしまうだろう。

それだけは、絶対に避けたい。

ルネは、もう二度と、最後の一歩を踏み出せずに友人を失うことはしたくなかったし、駄目になるならなるで、面と向かって駄目になりたいと願っていた。

この一年、友人たちとの付き合いの中で、その強さを持ったはずなのだ。

だから、なにがなんでもアルフォンスをつかまえ、話す必要があった。

「アル、話したいんだ。――だから」

何度も振り払われた腕をさらにつかみ、ルネは切羽詰まって叫んだ。

「お願いだから、逃げないで――！」

すると。

ピタッと。

その場で足を止めたアルフォンスがクルリと振り返り、一緒に止まったルネをオレンジがかった琥珀色の瞳で睨みつける。

風に揺れる紅茶色の髪。

怒れるアルフォンスは、まさに炎の塊のようだ。

「――誰が逃げているって？」

ようやく口をきいてくれたアルフォンスが、憎々しげに続ける。

「言っておくが、逃げているのはお前のほうだろう。――一年経《た》っても、まだ俺のことを無視しやがって」

「――え、してない」

驚いて否定したルネを見おろし、アルフォンスは冷たく言い返した。

「嘘《うそ》ばっか言ってんじゃねえよ。——してんだろうが、実際、ここしばらく」

それに対し、瞬きしながら考え込んだルネが言う。

「いや、少なくとも、したつもりはない……けど、アルが……そう言うなら、もしかしたら、していた……のかな？」

だんだん自信がなくなってきたルネが、悲しげに認める。

無意識にやっていることを自覚するのは難しい。

でも、人に指摘されると、それはそれで、少しはその自覚が出てくる。

売り言葉に買い言葉で喧嘩して以来、ルネは無意識にアルフォンスの存在を自分の中から締め出していたのかもしれない。

そのほうが楽だから——。

それくらい、アルフォンスのエネルギーは、受け取る側にとって毒にも薬にもなり得るのだ。

ルネが、謝る。

「だとしたら、ごめん。——成長していなくて」

それに対し、大きく溜息をついたアルフォンスが、「それで」と低く問う。

「死にそうな顔をして追っかけてきてまで話したいというのは、当然、部屋替えのことだろうな？」

「そう」

　認めたルネに、アルフォンスが畳みかけるように尋ねた。

「あの高慢ちきな王子《プリンス》に、従者を追い出す代わりに、隣人になってほしいとでも言われたのか？」

　質問しておきながら、ルネの返事を待たずにアルフォンスが「そもそも」と続ける。

「なんでまた、あいつはあれほど忠実な従者を追い出そうと思うのか——」

　そこが、アルフォンスにはわからないようだった。

　もっとも、わからなくて当然だ。

　別に、リュシアンはエメを追い出したくて、こんな提案をしたわけではないからだ。

　ルネが慌てて弁明する。

「誤解しているみたいだけど、リュシアンは、エメを追い出したくて、部屋替えの話を持ち出したわけではないんだ。——というより、エメのことを最初に言いだしたのは僕で、リュシアンは、それを考慮した上で提案してくれただけで」

「——あん？」

　理解不能とでも言いたげな声をあげたアルフォンスが、「いったい」と不審そうにルネを見おろして尋ねる。

「なにを言っているんだ？」

「だから、エメのことを言いだしたのは僕――」

「それは聞こえた」

ピシャリと応じたアルフォンスが、「わからないのは」と続ける。

「なんで、お前が他国の主従関係に口をはさんだりするのかってことだ」

「それは、ちょっとややこしいんだけど」

ルネは、考え込みながら答える。

「僕が気になったのは、リュシアンにつきっきりのエメは、そのリュシアンが僕や他の友人たちと一緒に過ごしている時には必然的に一人になってしまうということで、かといって、リュシアンを中心に生活がまわっている彼が友だちを作るのはなかなか難しいのではないかと」

「まあ、そうだろうな」

アルフォンスが認めたので、ルネが「でも」と勢い込んで告げる。

「せっかくこうして学校生活を送っているのだから、エメにだって、友だちを作る機会があってもいいと思わない？」

「……友だちを作る機会」

複雑そうに応じたアルフォンスが、「ちなみに」と尋ねた。

「それは、エメ本人がちょっとでもそれらしいことを言ったってことなのか？」

「ううん」

ルネは否定し、「エメは」と続けた。

「なにも言わない」

「だったら、余計なお世話だろう」

一刀両断のアルフォンスに、ルネが「だけど」と反論する。

「エメの立場では、そんなこと、絶対に言えないだろうし」

「そうか？」

異論を示したアルフォンスが、「むしろ」と告げる。

「あいつは、必要だと思えばガンガン主張しそうだし、そもそも、友だちも、本人が作りたくなれば勝手に作るはずだ」

ずいぶんと前向きな発言だが、その根拠はいったいなんなのか。

それこそ、なにも知らないのに、よく言うものである。

このところ、ずっと悩んでいたルネは、少しムッとして訊き返した。

「そんなの、なんで、アルにわかるわけ？」

「なんでって……」

そこで、わずかに左上を見て考え込んだアルフォンスが、ややあって推測する。

「たぶん、似ているからだろうな」

「似ている？」

びっくりしたルネが、目を丸くして訊き返す。

「アルとエメが？」

「ああ」

肯定されてもすぐには呑み込めず、眉間《みけん》にしわを寄せるルネに対し、アルフォンスが「別に」と補足する。

「そっくりだと言っているわけではないが、思考回路が少し似ている気がする。——たぶん、あいつは俺と同じで、自分がやりたいようにやるだろうし、人から同情されるのも好きではないだろう」

最後の言葉で自分が非難された気のしたルネが、「僕は」と言い返した。

「同情なんて——」

「してないっていうのか？」

「うん」

「——本当に？」

「……たぶん」

ルネは主張したが、オレンジがかった琥珀色の瞳で見つめられるうちに、その確信が揺らいでいく。

同情なんかではない。

ただ、エメのためを考えて言いだしたことだ。

そう思いたかったが、今思えば、リュシアンのそばを離れていくエメの後ろ姿に、かつて自分が一人で過ごしたつらい日々が重ならなかったかと言えば、たぶん、重なっていたのだろう。

一人でいなければならないつらさ。

それを思い出し、エメの姿を通じて、かつての自分に同情していた。

そのことに気づいたルネが、「やっぱり」と言う。

「同情していたかも……」

「だろうな」

鼻を鳴らして応じたアルフォンスが、「もっとも」と慰めた。

「別に、俺は、同情することが悪いと言っているわけではない。むしろ、同情心から親切心は生まれる」

「うん」

「ただ、エメは嫌いだろうと言っているだけで」

「そうだね。エメが嫌なら、僕が言ったことはまったく意味がない。……いや、むしろ悪いくらいだ」

深く反省するルネを見おろし、アルフォンスが「で?」と問う。

「それはそれとして、お前自身は、どうしたいんだ?」

「――え?」

いったい何を訊かれているのかと思って顔をあげたルネが問い返す。

「僕?」

「ああ」

「どうしたいっていうのは?」

「だから、部屋替えのことだよ」

若干イラッとしたように短く答えたアルフォンスが、続ける。

「他人にかこつけてどうのというのではなく、お前自身が部屋替えしたいと思っているのかってことだ」

「……僕」

悩ましげな顔をするルネを見おろし、アルフォンスはきっぱりと告げた。

「もし、お前が希望しているのなら、俺は止めない。受け容れるよ」

決断を求められ、ルネがボトルグリーンの瞳を向けて問い返した。

「そんなの、僕だって、同じことをアルに訊きたいよ。アルはどうしたい? 僕は、アルの本心が知りたいんだ」

一緒にいるとイライラして嫌ではないのか。

理解不能な振る舞いに、拒否反応が出ているのではないか。

ルネは、このところずっと感じていた不安を口にしたが、鼻で笑ったアルフォンスは「そんなの」とあっさり否定した。

「言わずもがなだろう。──俺は、お前と一緒の部屋になってから、これまで一度たりとも部屋替えをしたいなんて思ったことがない」

「──本当に？」

「ああ」

そこで、ホッとしたように息を吐いたルネが、「僕も」と言う。

「アルが僕のことでイライラしてもいいのなら、このままアルの同室者《ルームメイト》でいたい」

そこで、ようやく二人の間にあったわだかまりが氷解した。

第四章　琥珀《こはく》と秘密の終焉《しゅうえん》

1

同じ日の午後。

授業が終わり、生徒たちが一斉にお茶とお菓子を求めて寮エリアへと駆けていく中、校舎の廊下でばったりリュシアンとエメに出くわしたルネが、「あ」と声をあげ、慌てて近寄っていく。

そんな彼らを、周囲の生徒が興味深そうに眺めやる。

「リュシアン、さっきはごめん」

挨拶《あいさつ》をすっ飛ばしての謝罪。

というのも、先ほど、直前まで一緒に行動していたのに、なにも言わずにアルフォンスを追って立ち去ってしまったからだ。そのことにあとになって気づいたルネは、会ったら謝ろうと頭の中で繰り返していた。

　リュシアンが、「こっちこそ」と言う。

「みっともないところを見せてしまって」

「そんなことはないけど、そういえば、顎《あご》は大丈夫？」

　尋ねるまでもなく、見た目は大丈夫そうでないのが一目瞭然で、口の端には血のあとが残っているし、顎もうっすらと紫がかっている。

　心配そうに顔を歪《ゆが》めるルネに、リュシアンが安心させるように笑いかけた。

「エメが言うには、夜にはもっと痣《あざ》がひどくなるそうだけど、とりあえず問題はないよ」

「問題ないならよかった。——あ、でも痣は残るのか」

　ひとまずホッとしたものの、すぐにさほど楽観できる状況ではないと思ったルネが、下を向いて謝る。

「それもなんか、ごめん」

「え？」

　リュシアンが、美しい青玉色《サファイアブルー》の目を見開いて訊《き》き返す。

「なんで、そこでルネが謝るんだい？」

「だって、アルを止められなかったし」

　言ったとたん、呆《あき》れたように上を向いたリュシアンが、「だから」と言う。しかも、なぜか少し機嫌が悪そうだ。

彼にしてみれば、青痣の原因はアルフォンスであって、ルネではない。

それなのにルネが謝るというのは、まるで親しい相手の尻拭《しりぬぐ》いをしているようで嫌なのだろう。

「君にそんなことを期待していないし、それを言ったら、エメも一緒だから——」

その際、一礼して離れていこうとしていたエメがチラッとこちらを見て、さらに、そんなエメをルネが慌てて呼び止めた。

「あ、エメ」

「——なんですか？」

足を止めたエメに見られ、ルネがどぎまぎしながら言う。

「いや、その、エメにも謝りたかったんだ。——ごめん」

まさか自分にまで謝罪がくるとは思っていなかったらしいエメが、面食らった様子で訊き返す。

「……えっと、それは、なにに対する謝罪でしょう？」

「なにって、う〜んと」

考えつつ、ルネが説明する。

「今回のこと、どこまでリュシアンから聞いているかはわからないけど、そもそものこととして、僕が深く考えずに余計なことを言ったのが発端だから、そのことをとても反省しているんだ。リュシアンは、そんな僕の発言を考慮した上であれこれ提案してくれただけで、まったく悪くないんだよ」

それに対し、主従の間で雄弁な視線が交わされ、ややあってエメが答えた。

「せっかくの謝罪ですが、今回の件では、私もリュシアン様も、貴方《あなた》が悪いとは一つも思っていませんから」

「いや、でも」

言い返そうとしたルネを軽く片手をあげて押しとどめ、さらに目で彼を示しながらリュシアンに対して告げる。

「むしろ、殿下《アルテス》。お聞きになったでしょう。——大いに反省してくださいね」

そう言って去っていくエメの後ろ姿を見送ったあと、混乱したルネが「え？」と言ってリュシアンを見あげながら訊く。

「今のなに？」

さらに、エメの後ろ姿とリュシアンを交互に指して言う。

「なんで、リュシアンが反省しないといけないの？」

「それは、まあなんというか、色々とね——」

歯切れ悪く応じたリュシアンが、「それより」と誤魔化すように告げた。

「君に話があるんだけど、今、少し時間あるかな？」

「あ、うん」

うなずいたルネが、若干気まずそうに「僕も」と応じる。

「実は、リュシアンに話があって――」

互いの口ぶりから話の結論は目に見えていたが、ひとまず、彼らは生徒たちの流れに逆らい、人のいない中庭へと降りていく。

かつては修道院だった建物を改築して造られた校舎は、上から見るときれいなロの字形をしていて、真ん中は噴水と十字路のある美しい中庭になっている。

そして、この一年ですっかり定位置となった噴水の前のベンチに座り、二人はしばらく黙って噴き上がる水を眺めた。

どちらから、なにをどう切りだしたらいいのか。

ややあって、リュシアンが「それで」と尋ねた。

「あのあと、デュボワとは話せたのかい？」

「うん。話したよ。――結果、仲直りもできた」

「よかったね」

リュシアンの言葉に対し、「ありがとう」と応じたルネが、すぐに言いにくそうに下を向き、「ただ」と続けた。

「例の部屋替えの件だけど――」

するると、ルネの心情を察したらしいリュシアンが、みずから結論を言ってくれる。

「わかっているよ。断ると言うのだろう？」

「……そう。ごめん」

「構わないよ」

明るく応じたリュシアンが、「というより」と肩をすくめて告白する。

「これは本当に恥ずかしい限りで、できれば言わずにいたかったけど、君がそうやって恐縮しているのを放っておくのも胸が痛むから正直に言うと、実は部屋替えの件が王宮のほうでちょっと問題になって――」

「そうなの？」

びっくりしたルネが、心配そうに尋ねる。

「大丈夫？」

「もちろん。――問題といっても、思春期の子どもたちがとんでもない喧嘩《けんか》でもしたんじゃないかと考えておたおたするという、ふつうの親たちがするのと同じ程度の心配なんだけど、ただやっぱり、よほどのことがない限り、エメをそばに置いておけということらしく、正直、今回の件では僕の考えが少し甘かったようなんだ。だから、こちらから申し出ておいて本当に申し訳ないことなんだけど、君の返事がどうあれ、ひとまず白紙に戻すしかなかったという……」

「へえ」

話を聞きながら、ちょっと残念なような、それでいてホッとしつつ、ルネが言う。

「なら、よかった――と言うのも変だけど、落ち着くところに落ち着いた感じかな？」

「そう言ってもらえると、少し気が楽になる」

「うん。――それに、エメは、リュシアンが思っている以上に、ご両親から信頼されているということなんだろうね」

「それは、間違いないよ」

断言したリュシアンが、「僕だって」と告げた。

「エメのことは、信頼しているし」

「……そうか」

事の始めに、リュシアンはエメとの間に友情はないし必要もないと言っていたが、それとは別に、こうしてしっかりした信頼関係があるなら、たしかに友情なんかは必要ないのかもしれない。

ルネは、正直、エメのことを羨《うらや》ましく思う。

そんな気持ちの表れが、傍《はた》からは若干残念そうな表情に映ったらしく、リュシアンが「もしかして」と困ったように尋ねた。

「僕に幻滅している？」

「――え？」

　びっくりしたルネが、リュシアンを見て問い返す。

「僕がリュシアンに幻滅？」

「そう」

「なんで？」

　本当にわからなかったルネに、リュシアンが、「だって」と告げた。

「独りよがりで突っ走って、挙げ句に話を白紙に戻すなんて、最悪だ」

「そうかもしれないけど」

　小さく笑ったルネが、「リュシアンは」と応じる。

「ふつうとは違う立場にあって、色々とややこしい問題もあるだろう中、こうしてきちんと僕やエメのことを考えてくれているわけで、幻滅なんてするはずがない。――それを言ったら、僕のほうこそ、深く考えずに余計なことを言って引《ひ》っ掻《か》きまわして、本当に申し訳なかったなって」

　すると、リュシアンが意外そうに首をかしげた。

「それ、さっきも言っていたけど、君はまったく悪くないよ。――君が、エメのことだけを考えて言ってくれていたのは、僕もエメもわかっている」

「そうなんだけど、アルが……」

ルネがあげた名前に反応し、リュシアンがわずかに顔をしかめる。

今回の件では自分の非を素直に認めているリュシアンだが、唯一、アルフォンスに殴られたことだけは納得がいっていないようである。

というより、アルフォンスへの苛立《いらだ》ちは増したのだろう。

声も少し低くしながら、リュシアンが訊き返す。

「デュボワがなんだって？」

「いや、今回のことを包み隠さず話したら、アルは一言、エメにしてみたら余計なお世話だなって言って、僕もその通りかもしれないと思ったんだ。──だから」

するとと、皆まで言わせず、リュシアンが断言した。

「そんなことないさ。結果はどうあれ、エメは、君に感謝しているよ。それは、僕が保証する」

思いの外《ほか》強い否定を受け、ルネが「そうなんだ？」と圧倒されたように応じ、若干の戸惑いを隠せずに続ける。

「……なんか、ありがとう」

「どういたしまして。──というか、わかってくれたら、それでいいんだ」

リュシアンが答え、二人の間にわずかに沈黙がおりた。

その間隙を縫うように、初夏の風が中庭を涼やかに吹き抜ける。

ややあって、リュシアンがその場の空気を変えるように、「それより」と言いだした。

「ゴタゴタのせいですっかり失念してしまっていたけど、昼休みに見るつもりだった例の展示物、今から、ちょっと見てみないかい？」

「ああ、そうだね」

忘れていたルネは、うながされるままに立ちあがり、リュシアンと一緒にギャラリーへと向かう。

昼休みはやたらと騒々しかったこの場所も、今はいつもの落ち着きを取り戻し、しんと静まり返っている。

ここで殴り合いがあったなんて、嘘《うそ》のような穏やかさだ。

展示物の前をゆっくり歩いていたリュシアンは、ある箱の前で足を止めると、「ああ、これだな」と言い、手に取って眺める。

ルネが、横から覗《のぞ》き込《こ》んで訊いた。

「それは？」

「十六世紀頃に制作されたといわれている仕掛け箱だよ」

「仕掛け箱？」

耳慣れない言葉をルネが訊き返すと、リュシアンは蓋《ふた》を撫《な》でながら応じる。

「要するに、一見してもわからない隠し扉などがついている箱で、秘密を隠すには絶好のものなんだ。──しかも、蓋に描かれているのは、なんとも意味深な『迷宮図』で」

「『迷宮図』？」

「うん、ほらこれ」

心許《こころもと》なさそうに繰り返したルネに、リュシアンは実物を示して教える。

「この手の『迷宮図』はヨーロッパでは古くから見られるものだけど、あのメモにあった『迷いの道』という文言にはなんともぴったりな──」

だが、説明の途中で「迷宮図」を見たルネが「あれ？」と驚いたような声をあげたため、リュシアンは口をつぐんでルネを見おろす。

「どうかした、ルネ？」

「あ、うん。──この図、僕、どこかで見たことがある」

「そうなんだ？」

不審げに応じたリュシアンだったが、それでも「まあ」とすぐに応じた。

「今も言ったように、ヨーロッパでは古くから見られるものだし、美術書かなにかで見たのかもしれないね？」

しかし、ルネは首を振って否定した。

「ううん。そんな曖昧《あいまい》な話ではなく、最近、この学校で見たんだ」

「え？」

今度こそリュシアンは驚き、「それは」と尋ねる。

「どこで？」

「えっと、どこだったかな」

身体《からだ》を丸めるようにして考え込んだルネが、「あれは、たしか……」とさらに思考を巡らせる。

「朝だった気がする。それで、猫を助けて――」

言っているうちに思い出したらしいルネが、パッと顔をあげて言った。

「わかった、泉だ！」

「泉？」

「そう、『聖母の泉』」

答えたルネが、「そこから帰る際に」と伝えた。

「木から降りられなくなっている猫を見つけて助けたあと、その木から落ちて手をついたところにあった石の表面に、それと同じものが彫られていた――」

2

ルネとリュシアンが校舎の中庭で話している頃――。

学生会館にある生徒自治会執行部の執務室では、第五学年のサミュエルが、同じダイヤモンド寮の第四学年の生徒と親しげに話していた。ただし、いかにも品行方正そうなその生徒は、上級生のサミュエルに対してしっかり受け答えをしつつも、時おりあたりに視線を泳がせ、どこか居心地悪そうにしている。

おそらく、この場の空気に圧倒されているのだろう。

一般の生徒にとって、学校生活の中枢を担う生徒自治会執行部の執務室というのは、華やかでかつ選ばれた者たちの世界だ。ゆえに、おいそれと立ち入れない雰囲気があって、非常に馴染みにくいものであった。

まして、彼は、最近出入りするようになったばかりの、いわば新顔だ。浮き足立ちもするだろう。

と、そこへ――。

第四学年のセオドアがやってくる。

その生徒とは対照的に、本来この場の常連であったセオドアは、ここしばらく訳あって足が遠のいていたのだが、ふとサミュエルからなにも連絡がないことを不審に思い、様子を見に来たところであった。

そして、執務室に入ったとたん、ハッとする。

サミュエルと一緒にいる生徒というのが、以前はセオドアのライバルで、どちらかがやがてはサミュエルのあとを継ぎ、ダイヤモンド寮の寮長——ひいては生徒自治会執行部の副総長になるだろうと言われていたからだ。

成績ではおそらくその生徒が勝っているのだが、いかんせん、セオドアはドッティ家の人間であり、その上、処世術に長《た》けている。

そうして、ちゃっかりサミュエルの右腕としての地位を獲得し、今では完全に次代の寮長候補の筆頭にまでのし上がっていたのだが、もちろん、蓋を開けてみるまで、誰が寮長になるかはわからない。

五人の寮長の中から選ばれる副総長の座も然《しか》り——。

そんな状況でのこの構図であれば、セオドアが眉《まゆ》をひそめても無理からぬこと。

彼は、すぐに表面的な笑みを浮かべて二人のほうに寄っていく。

「やあ、どうも、サミュエル」

「ああ、テディ」

チラッとこちらに視線を流したサミュエルが、皮肉げに笑って言った。

「珍しいね、君がここに来るなんて」

「ええまあ、たしかに数日ぶりですが、用があればメールをくださいと言っておきましたよね。——速やかに対処するとも」

「そうだけど、やっぱり、御用聞きにはそばにいてもらいたいものでね。いちいちメールを打つのも面倒だ。それで、彼に声をかけたんだよ。おかげで、大助かりでね。——知っていると思うけど、彼、とても利発で、実務能力が高いんだ」

「……ええ、まあ、知っていますけど」

答えながら牽制《けんせい》するようにジロッと同級生を睨《にら》んだセオドアが、文句を言う。

「それならそれで、僕を呼び出してくれたらよかったのに。——貴方のためなら、いくらでも時間を作りましたよ」

「へえ？」

とても信じられない、というように応じたサミュエルが、「その割に」とモルトブラウンの目を冷たく細めて言い返す。

「君は、私事に忙殺されているように見えたけど？」

「それは——」

言い訳しようにも事実であるため、セオドアは言葉に詰まる。

同時に、サミュエルが、すでにセオドアとドナルドが陰でなにをしていたか知っているのだろうと直感した。

そんな風になんとも険悪なやり取りをする二人の間に立たされたその生徒は、身の置き所がなさそうにハラハラした表情で二人を見ている。

サミュエルが、「それで」と続けた。

「思ったんだけど、寮長や副総長というのは、やはり私事より全体の利益を考えられる人間になってほしいもので、来期の人事の最終選考に入る前に、もう少し幅広く可能性を求めてもいい気がしてきてね。──君だって、そのほうが、好きなことが自由にできていいのではないかい？」

それは言い替えると、サミュエルのあとを継ぐ人間はセオドアでなくてもいいということだ。

完全に当てつけである。

カッとしたセオドアは、その場で踵《きびす》を返し、スタスタと執務室を出ていく。

（なんなんだ、いったい）

それまで受けていた寵愛《ちょうあい》を失ったことに動揺しているセオドアだが、それを認めるのが悔しくて、ひたすら怒りのボルテージをあげていく。

（ちょっとこっちが好きなことをしていただけで、あの仕打ちはないだろう。これまでどれだけ奉仕してきたと思っているんだ）

その分、彼も恩恵に浴していたことは、すっかり棚に上げている。

彼は、サミュエルとセオドアの同級生が話していた姿を思い出し、さらに苛立ちを募らせる。

（よりにもよって、あいつだし）

勉強ではどうやっても彼には勝てず、下級生の頃はそれなりに悔しい思いをした。

その分、必死であちこちに取り入り、今の地位を築いたというのに、それが一瞬で崩れ去ったのだ。

（ちくしょう。覚えていろよ。それならそれで、絶対に、この手で『賢者の石』を見つけてみせるからな！　それでもって、サミュエルの鼻をあかしてやるんだ。ドッティ家の人間がデサンジュ家の奴《やつ》らなんかに見くだされてたまるか）

気づけば、家同士の諍《いさか》いにまでなっている。

中世の再来だ。

階段を駆け下り、外に出たセオドアは、タイミングよくこっちに向かって歩いてくる従兄弟《いとこ》のドナルドを見つけると、その肩をつかんで告げた。

「ちょうど良かった、ドニー。なんでもいいから、見つけるぞ！」

「え、見つけるって、なにを？」

突然のことに驚いたらしいドナルドが、「それに」と戸惑ったように付け足す。

「僕、今、友だちのことを追いかけていて――」

というのも、実を言うと、ドナルドは、昼休みにルネとアルフォンスが和解したことを受け、自分も意地を張ってエリクと仲違《なかたが》いしているのが嫌になり、さっさと謝って仲直りをしようと考えていたのだ。

それで彼のことを捜していたら、校舎エリアのほうに歩いていく姿を見かけたため、慌ててあとを追いかけてきた。

だが、追いつく手前で、セオドアにつかまってしまったというわけである。

断ろうとしているドナルドに、セオドアがイライラしながら告げた。

「そんなの、あとでもいいだろう。それより、例のメモがはさまっていたという本のタイトルを覚えているか？」

「えっと、いちおう覚えているけど」

「だったら、その本の過去の貸し出し記録を調べてみよう。――そこから、なにかわかるかもしれない」

「いや、でも――」

言いながら首を巡らせるが、先ほどまで見えていたエリクの姿はすでにどこにも見当たらず、ドナルドは肩を落とした。

これでまた、仲直りをする機会が遠のいてしまう。

溜息をつく彼に、セオドアが言う。

「ほら、なにをしている、ドニー。ドッティ家の人間にとっては、友人なんかより、こっちのほうが大事だろう?」

言われて渋々従うが、ドナルドは歩きながら考える。

果たして、本当にそうだろうか。

友情より、宝探しのほうが大事なのか——?

腕を引かれて連行されているドナルドの中には、そんな疑問が渦巻いていた。

3

それより少し前。

先頭集団とともに食堂に入ったエリクは、自分が食べたかったお菓子を確保することができて上機嫌でいた。同じ集団の中にはアルフォンスの姿もあり、自然な流れで、二人は一緒にお茶をすることになった。仲間内でぎくしゃくしているとはいえ、エリクとアルフォンスは別に喧嘩をしているわけではないからだ。

エリクが、砂糖でコーティングされたカップケーキを嬉《うれ》しそうに頬張《ほおば》りながら、「これさあ」と言った。

「ドニーもすごく好きなんだけど、彼が来るまで残っているかな？」

「──知るか」

けんもほろろにアルフォンスが答え、エリクが唇を尖《とが》らせる。

「そんなこと言って、アルってば、相変わらず冷たいなあ」

非難され、片眉をあげたアルフォンスが訊き返す。

「じゃあ、なんて答えればいいんだ？」

「それは、ほら、『そんな心配をするなんて、お前ら、仲直りしたのか？』とか、『まだなら、俺が間を取り持ってやるよ』とか、たまには気をまわして言ってくれてもよさそうなものなのに――」

するとと、つまらなそうに「へえ」と言い、オレンジがかった琥珀色の瞳《ひとみ》を向けたアルフォンスが、「本当に」と確認する。

「俺に間を取り持ってほしいのか？」

その目に宿る悪魔のような愉悦の輝き――。

エリクが、「えっと」と遠慮する。

「やっぱりいいや」

「だろうな」

なんとも友だちがいのない発言だが、これこそがアルフォンスであり、それでも人気があるのだから、すごいと言えよう。

「でも、一つ訊いてもいい？」

エリクの問いかけに、アルフォンスが訊き返す。

「なんだ？」

「アルは、どうやってルネと仲直りができたわけ？」

昼休みに二人が仲直りをしたことは、人伝《ひとづて》に聞いて知っていて、エリクはなんとなく置いてきぼりを食った気分でいたのだ。

そして、思った。

二人が仲直りできたのなら、次は自分たちの番だと——。

アルフォンスが、面倒くさそうに答える。

「別に。話しただけだよ」

「話したって、なにを?」

「なにって、それぞれが考えていたことに決まってんだろう。——喧嘩の原因なんて、互いの思い違いや考え違いが大半を占める。そこを正してこんがらがった糸をほぐせば、あっという間に解決だ」

簡単に言うが、実際はそう簡単ではない。

アルフォンスだって、それなりに危ない橋を渡っていたのだが、彼は喉元《のどもと》過ぎれば熱さを忘れるタイプだ。

エリクが、そんなアルフォンスを恨めし気に見ながらつぶやく。

「話すか……」

同じ部屋で暮らしているというのに、エリクとドナルドはそれがすでに難しくなってきている。

日中は、どちらも部屋に戻ろうとしないし、夜は夜で、どちらかが先に寝るか、あるいは寝たふりをして話そうとしない。

二人とも意地を張っているだけなのは、わかっている。

ただ、不思議とその一歩が踏み出せないでいるのだ。

そうやってエリクが悩んでいるうちにも、アルフォンスは、他の生徒に呼ばれて行ってしまった。存在感があって、いるだけで場が引き締まる彼は、休み時間に遊びでやるスポーツの対抗戦などに引っぱりだこなのだ。

そこで一人残されたエリクも、食べ終わった食器を片付けて散歩に出ることにした。

ふだんから社交的なエリクは、その気になれば話し相手をいくらでも見つけられるのだが、今は、そんな気分でもない。

どうやって、ドナルドと仲直りをするか。

あれこれ考えながら歩いていた彼は、ふと、図書館のほうにフラフラと向かっているハリ・ケアリーの姿を見つけて足を止める。

なにか様子がおかしく、気になったのだ。

エリクの指導上級生であるハリは、陽光の下、まるでゾンビのように顔色が悪い。

もし目の前に高い塔があったら、確実に飛び降りていそうだ。

(――うわ。大丈夫か、あの人)

その姿を目で追っていたエリクは、心配になってあとをついていく。

エリクのほうが年下なのだから、ほうっておいてもよさそうなものだが、彼は基本的にお節介であったし、ハリはハリで、なんだかんだ、いつもエリクの愚痴を辛抱強く聞いてくれている。そして、決して有用な助言は得られずとも、嫌なことがあった際、それを誰かに聞いてもらえるだけでスッキリするケースは多いものである。

つまり、エリクはいつもハリに助けられていて、たまには逆のパターンがあってもいいと思ったのだ。

（それに、この前は、イライラしていてちょっと失礼な態度を取っちゃったし……）

そのことも謝りたくて、エリクは彼の姿を捜す。

図書館の入り口を通ってキョロキョロしていると、地下へと続く階段を降りていくハリの後ろ姿が見えた。

（あ、もしかして、あそこに行くのかな？）

エリクは、ピンときた。

ハリが、「賢者の石」に取《と》り憑《つ》かれているというのは有名な話で、そのヒントとなる本が保存されている資料室の常連であることもわかっていた。

ただ、今のエリクにとって、その場所は鬼門である。

それらのせいで、ドナルドとの関係がこじれたと言っても過言ではないからだ。

（まったく、どいつもこいつも、なんであんな幻の話に夢中になるかなあ……）

不思議に思いながらも、彼は、ハリを追いかけ、ほの暗い階段を降りていく。

以前にも来たことのある書庫の前を通り、一番奥の扉まで辿《たど》り着《つ》くと、彼は学生証を機械に翳《かざ》して中に入った。エリクは初めて踏み込む場所だったが、この前、書庫の整理に強制的に来させられた時に、余談としてアルフォンスやドナルドから入り方などを教えてもらっていた。

ただし、入ったものの、両サイドにあるガラス張りの壁の向こうには、古そうな本や巻物が並んでいて、その威圧感に圧倒される。

（こんなとこ、ふつうの生活をしている人間が来るべきじゃないな〜）

なんだかわからないが、肩が重くなりそうである。

それでも、ハリの姿を追ってさらに奥まで歩いていくと、正面にある木の扉はわずかに開いていて、中からハリの声がもれ聞こえた。

「……こんなものがあるからいけないんだ。——そうだ、なくなってしまえばいい。全部、燃えてなくなってしまえば」

それと一緒に、ガタガタと部屋を引っ掻きまわす音がする。

とてつもなく嫌な予感がしたエリクは、扉の隙間《すきま》から中を覗き込む。

すると、抽斗《ひきだし》から次々と紙を取り出し、さらに棚にあった本を山積みにしながら、ハリが唱《とな》えるように言う。

「そうだ。なくなっちゃえばいい。なくなっちゃえば、すっきりする。こんなもの、なくなっちゃえば――」

そうして、テーブルの上に乱雑に置いた紙類の上で、ポケットから取り出したマッチを擦った。

シュッと音がして、炎が揺らめく。

驚いたエリクが、室内に飛び込んで叫んだ。

「なにをやっているんですか、ケアリー！」

だが、死んだような目でエリクを見返したハリはなにも答えず、ただテーブルの向こうで虚《うつ》ろに笑うと、そのまま滑らせるように火のついたマッチを下に落とした。

「――ケアリー‼」

悲鳴をあげるエリクの前で、ボッと炎が立ちのぼる。

4

一方。

エリクにわずかに遅れるかたちで、ドッティ家の二人が図書館へとやってきた。

彼らが目指しているのは地下にある書庫の一つで、そこに、まだ手書きであった頃の古い貸し出し記録が残されているのだ。

捨ててもよさそうなものが残されているのには訳があって、それなりに歴史と伝統のあるこの学校の卒業生の中には、のちに伝記を書きたくなるような一角《ひとかど》の人物になった生徒もいて、彼らがどのような学生時代を過ごしていたか、その一端が垣間見《かいまみ》える記録の一つであるからだ。

もちろん、プライバシーに関《かか》わることなので、電子化されている直近のデータは閲覧できず、見られるのはこうした古い記録だけである。

セオドアが貸し出し記録の入った箱を探りながら言う。

「これじゃないな。――そっちはどうだ?」

「えっと、これも違う」

「こっちも違う」

「これも――」

諦《あきら》めムードで言いかけたドナルドが、「あ、待って」と言って手を止め、一つの箱を取りあげる。

「これかもしれない」

そこで二人は、その箱に入っている記録を取り出し、目当ての本を借りた人物の名前を追った。

当時からさほど人気のある本ではなかったらしく、借りた人間は少ない。そして、斜線が引かれている場所の最後の欄に書かれていた名前を見て、二人は同時に驚いたような声をあげる。

「ドッティ――？」

「バートン・ドッティって――」

そこで顔を見合わせ、互いに確認し合う。

「じいさんの名前だな」

「うん」

「だけど、なんで僕たちのじいさんがこの本を借りているんだ？」

セオドアの疑問に対し、ドナルドがさらに突っ込んで言う。

「というより、これが本当なら、例のメモを残したのは、他でもない、僕たちのおじいさんである可能性が高い」

「ああ、そうだな」

認めたセオドアが、「でも」と続ける。

「だとしたら、とても変だぞ」

「うん。変だね」

眼鏡《めがね》を光らせてうなずいたドナルドが、「もし」と言う。

「問題のメモを残したのがおじいさんなら、なぜ、せっかく見つけたものを隠す必要があったのかというのがわからないし」

「それに、なにより」

あとを引き取って、セオドアが言った。

「事情があって隠したのなら、どうして、そのことが、僕たち子孫に伝わっていないのかということだ」

そこで、二人は同時に首をかしげる。

考えれば考えるほど、わからなくなっていく。

しばらくそうやって無為な時間を過ごしていた二人だが、ややあってセオドアが「ただまあ」と建設的な意見を述べる。

「それならそれで、彼に訊けば、隠し物はなんなく見つかるということで、万々歳だな」

「……まあ、そうか」

なんとも拍子抜けする結果に、今一つ納得がいかないドナルドであったが、ふたたび思考の海に沈み込む前に、ハッとしたように顔をあげ、警戒しながらキョロキョロとあたりを見まわした。

「……なんか、焦げ臭くない？」

ドナルドの言葉に、セオドアも鼻をクンクン鳴らす。

「ああ、たしかに、焦げ臭いな」

眉をひそめて言い合った二人は、慌てて部屋を飛び出し、廊下に出る。

最初はよくわからなかったが、気のせいではないようで、焦げ臭さは奥に行くほど強くなった。

「まさか、資料室で火事か——？」

慌てて学生証を機械に翳して扉を開けたドナルドの耳に、その時、とても聞き慣れた声が届く。

「なにをやっているんですか、ケアリー！　——燃えちゃいますよ！」

それは、間違えようのない、彼の友人であるエリクの焦《あせ》った声だった。

5

一方。

リュシアンと一緒に石に彫られた「迷宮図」を探しに来たルネだったが、なかなか見つけられずに右往左往してしまう。

「あれ、……えっと、どこだっけ？」

「聖母の泉」を起点に、あの時、自分が辿った道を思い出そうとするが、なにぶんにもよく思い出せない。よくよく考えたら、最初は猫の鳴き声を頼りに、そのへんを無意識にさまよったのだ。

だから、自分がどこをどう歩いたのか、見当もつかなかった。

「う～んと、こっちかな？」

少し歩いてから、「いや」とルネは言う。

「こっちだったかも」

だが、やはりよくわからなくて、しまいには、途方に暮れた目をリュシアンに向けてしまう。彼らが現在いるあたりはちょっとした森になっていて、似たような木がたくさん生えているのだ。

木漏れ日がキラキラと輝いている午後――。

ただの散歩ならこれほど気持ちのいいことはないというのに、今のルネに、景色を楽しむ余裕はない。

あっちでもない。

こっちも違う。

いったい、どこへ行けばいいのやら――。

「……どうしよう、リュシアン、わからないかも」

「いや、そう言われても」

それまでずっと辛抱強くルネに付き合っていたリュシアンも、これにはさすがに苦笑を隠せずに続ける。

「ルネ、僕には答えられないよ？」

「だよね」

認めたルネが、言う。

「もちろん、わかってはいるんだけど……」

困ったようにうなだれるルネを見て、リュシアンが優しく提案する。

「まあ、そう慌てずに、ちょっと深呼吸してごらんよ」

言われて、ルネが大きく息を吸う。

それから、同じくらいの時間を使ってゆっくり吐きだした。

それを何度か繰り返す。

そんなルネを眺めながら、リュシアンが頃合いを見計らって誘導する。

「そうしたら、目を瞑《つぶ》って、その日のことをゆっくり思い出してみるといい」

そこで、ルネは目を瞑り、頭の中を一度空っぽにしてみる。次いで、言われた通りゆっくりと、あの朝のことを思い描いていく。

すると、真っ先にルネの頭に浮かんだのは、澄んだ早朝の空気だった。

(そうだ)

ルネは、清々《すがすが》しい大気の中で深く息を吸いながら思う。

(あの朝は、たしかおかしな夢を見て目が覚めた)

波の音と潮の香り――。

ルネが、パッと目を開いて言う。

「そうそう。猫の声を聞く前に、潮の香りがしたんだった」

「潮の香り?」

意外そうに応じたリュシアンが、「でも」と当たり前のことを言う。

「このあたりに海はないよね?」

「うん。僕もそう思ったんだけど……」

話しているルネの耳に、その時、波の音が届いた。

ザザン。

ザザン。

ハッとしたルネは、あたりを見まわし、まるで獲物を探す猟犬のようにあちこちうろうろし始めた。

絶対に、近くにある。

なにせ、この音はあの石が発しているのだから、それが聞こえるからには、このあたりで間違いないはずだ。

そう信じて、地面を見おろしながら歩きまわる。

そんなルネを、リュシアンが目を細めて見守っていると――。

「あった！」

ルネが声をあげて、パッとしゃがみ込む。

「見つけたよ、リュシアン。この石――」

近づいたリュシアンが上から覗き込むと、たしかに、平たい石の表面には、かなり大雑《おおざっ》把《ぱ》ではあったが、いわゆる「迷宮図」と呼ばれる図柄が彫られていた。

「本当だ」

リュシアンが、驚いたように言う。

別に疑っていたわけではないのだろうが、実物を見ると、人はついそんな言葉を口にしてしまうものらしい。

「間違いなく『迷宮図』だね」

認めたリュシアンが、「でも」と疑問を呈する。

「なんで、こんなところにこんな石が転がっているんだろう……？」

身体を起こし周囲を見まわしたリュシアンに、ルネが下から言う。

「ね、リュシアン。これが『迷宮図』なら、あのメモにあった『迷いの道の下』って、この石の下ってことはないかな？」

「ああ」

ひとまず顔を戻したリュシアンが、「そうだね」と認める。

「その可能性は高いから、ちょっと掘ってみよう」

そこで二人は、その石を脇《わき》にずらすと、手近な石や枝を使って地面を掘り始める。

掘って。

掘って。

さらに掘る。

その間も、ルネの耳には波の音がずっと聞こえていて、さらにどこからか潮の香りまで漂ってくる。

しばらくして、掘り進める手を止めたリュシアンが、不思議そうにつぶやいた。

「たしかに、ちょっと潮の香りがする……？」

どうやら、ルネの気のせいではないようだ。

だが、いったいなぜなのか。

わからないまま、力を合わせて掘り続けること十数分。

「あ――」

土をえぐったルネは、そこにキラリと光るものを見つけ、今度は手で直接まわりの土を払いのけた。

「あったよ、リュシアン」

「そうだね」

リュシアンも手を止めて、ルネが拾いあげた石を見つめた。

それは、ネックレスの一部として使われていたらしい研磨された三センチ大くらいの琥珀で、蜜《みつ》のように透明な黄色がなんとも言えず美しい。

ルネから琥珀を受け取ったリュシアンが、光に翳《かざ》しながら言う。

「見事なゴールド・アンバーだな。――しかも、ほら、見てごらん」

リュシアンが手を小さく動かして、琥珀を揺らしながら告げる。

「珍しい、水入り琥珀だよ」

「――水入り琥珀？」

繰り返したルネが、「それって」と確認する。

「水入り水晶と同じで、中に水が入っているってこと？」

「うん」

「でも、どうやって？」

「それは――」

惹《ひ》かれたように琥珀を眺めながら、リュシアンが説明する。

「知っての通り、琥珀は樹液が固まってできているから、たまに昆虫や古代の葉っぱなんかを閉じ込めたものが見つかり、それらはとても稀少性《きしょうせい》が高くて人気があるわけだけど、ごく稀《まれ》に、こんな風に朝露を取り込んだものもあって、こうして中の水がゆっくりと動くことでそれとわかるんだ」

「ああ、朝露か」

若干拍子抜けしたように応じたルネに、リュシアンが訊く。

「なんだと思ったんだい？」

「いや、もしかして、人魚の涙でも入っているのではないかと――」

「人魚の涙？」

リュシアンが、ルネに視線を移して言う。

「それはまた、なんともロマンチックだね」

「そうだけど、リュシアン、前に言っていたよね？」

「え？」

「ほら」

ルネが人さし指を丸く振って記憶を喚起させるように言葉を繋《つな》ぐ。

「大嵐《おおあらし》の翌日に海辺であまりに美しい琥珀を見つけたら、それは人魚の流した涙でできているかもしれないから、拾わないほうがいい――とかなんとかって」

「ああ、たしかに言ったね」

思い出したらしいリュシアンが、琥珀をルネに返しながら答える。

「もし、そんな琥珀を持ち帰ってしまった暁には、琥珀に宿る恨みによって、拾った人間にも不和がもたらされるんだったっけ」

ルネの手に戻った琥珀を見おろしたリュシアンは、「となると」と悩ましげに続けた。

「もし、この琥珀の中の水が、君が言うような人魚の流した涙であった場合、僕たちにも不和がもたらされてしまうということで、ちょっと怖いな。――まさに、『不和をもたらす太陽の雫《しずく》』だ」

言った瞬間、なにかが引っかかり、二人が「あれ？」というように視線を合わせた時である。

ジリリリリリリリと。

遠くで、火災報知機が鳴りだした。

「――リュシアン、あれって」

「ああ、図書館だ」

そこで、二人は様子を見るために、図書館へと駆けていった。

6

それより少し前――。

図書館の地下にある資料室では、目の前で燃えあがる炎を見つめ、エリクが一瞬固まった。

火は、近くで見ると恐ろしいものだ。

たき火などを見ているとホッとするが、それは自分が安全圏にいるとわかっているからそう思えるのであって、こうして垣根を越え、身近に迫って暴れようとしている炎というのは、やはりゾッとする。

どうしたらいいのか。

自分になにができるのか。

ややあって、おろおろしながらエリクが叫ぶ。

「なにをやっているんですか、ケアリー！　――燃えちゃいますよ！」

だが、ハリは炎の前で凄絶《せいぜつ》な笑みを見せると、「いいんだよ」と答えた。

「燃えちゃえばいい。――こんなもの、燃えてなくなってしまえばいいんだ!!」

言いながら、さらにマッチを擦って別の山にも火をつける。

どうやら、ハリは完全に壊れてしまっているらしい。

「ケアリー‼」

名前を呼びながら、エリクは、ひとまず制服の上着を脱いで火の上でパタパタと振って鎮火しようと試みた。

だが、火を煽《あお》る結果となり、それは逆効果でしかなかった。

しかも、対流による熱風が吹き寄せ、エリクの頰《ほお》を焼く。

「熱っ」

そこへ、バタバタとドナルドとセオドアが駆け込んでくる。

「――うわ、なんてことだ！」

「大変だ！」

すぐに頭上を見あげたセオドアが、焦《じ》れた様子で叫ぶ。

「どうして、スプリンクラーが作動してない？」

「――あ、きっと、例の水道管のせいだよ」

ここしばらく、水の出が悪かった影響が、こんなところにまで及んでいた。

答えながら部屋を見まわしたドナルドは、煙の向こうに立ち尽くしているハリとその手前で火を消そうとしているエリクの姿を見出《みいだ》し、瞬時に叫びながら友人のほうに駆け寄る。

「──エリク！　こんなところで、なにをしている⁉」

振り返ったエリクが、必死の形相で叫び返した。

「ドニー！　大変だよ、燃えちゃう‼」

他方、セオドアは、身を翻して廊下に出ると、近くにあった火災報知機を鳴らした。それから、消火器を持って戻ろうとしたが、途中、あまりに慌てすぎたせいで早くに栓を引き抜いてしまい、部屋に入る前にあたりを泡だらけにしてしまう。

「──うわ、ちっくしょう」

消火器を投げ捨てたセオドアが部屋に入りながら、叫ぶ。

「駄目だ、ドニー、逃げるぞ！　みんなも！　これ以上ここにいるのは、危険だ！」

「わかった！」

応じたドナルドが、エリクの肩を引いて言う。

「ほら、エリク、行くぞ！　──ケアリーも！」

すでに炎は天井に届き、被害はどんどん広がっていく。

だが、なぜかその場を離れようとしないエリクが、「だけど」と言い返した。

「これ、まだ残っている──」

そう言って彼が救いだそうとしているのは、テーブルの上の「寓意図《ぐういず》」だった。

「そんなの、ほっとけ‼」

「ほっとけないよ！　ドニーが大事にしているものだから、できるだけ残さないと――」

すでに半分以上が燃えてしまった「寓意図」の中から、なんとか燃え残りを引っぱりだそうとしているエリクを見て、ドナルドが「バカ！」と怒鳴る。

「そんなものより、エリクの命のほうが大事に決まっているだろう‼」

それから、腕をつかんで強引に「寓意図」から引きはがした。

「ほら、逃げるぞ、エリク。――そもそも、僕たちの友情に亀裂《きれつ》を入れるようなものなんて、いっそ燃えてしまえばいいんだ！」

「ドニー――」

ドナルドの言葉にハッとしたエリクが、腕を引かれるまま素直にテーブルから離れ、ドナルドと一緒に走りだす。

だが、すぐにハリの存在を思い出し、エリクは振り向きざまに叫んだ。

「ケアリーも、逃げないと」

しかし、思いの外、部屋の中には煙が充満していて、ハリの姿はもう影のようにしか見えなくなっている。

「ケアリー‼」

思わず足を止めて、エリクが叫ぶ。

そこへ、新たにルネとリュシアンが飛び込んできた。

「エリク、ドニー！」

「――二人とも、早く逃げろ！」

叫んだリュシアンに、エリクが言う。

「でも、奥にケアリーが！」

その言葉で視線を移したリュシアンは、すぐに制服の上着を脱いで頭からかぶると、そのまま荒れ狂う炎の中へと走り込む。

「リュシアン!!」

慌ててあとを追いそうになったルネを、すんでのところでドナルドとエリクが腕をつかんで引き止めた。

「駄目だ、ルネ。危ない」

「でも、リュシアンが――!!」

すると、煙の向こう側でリュシアンの声がした。

「ケアリー、こっちだ！　来い!!」

それに対し、入り口のところでルネやドナルドが叫んだ。

「リュシアン、早く!!」

「サフィル＝スローン、急げ!!」

と、その時――。

一部を焼かれてバランスを失ったらしい木製の本棚が、グラリと倒れ込んでリュシアンたちの退路を断ってしまう。

「うわ、危ない！」

「リュシアン!!」

悲痛な叫び声をあげて行こうとするルネを、ドナルドとエリクが引っぱった。

「だから、駄目だって、ルネ。もう無理だ。逃げるぞ」

「ルネ、早く――」

だが、炎と煙の向こうには、まだリュシアンがいるのだ。

彼を置いていくことなど、なにがあってもできない。

ルネは、彼らの手をはねのけて言い返した。

「君たちは行って！　僕は残る!!」

「でも――」

「いいから！」

ルネは突き飛ばすようにドナルドとエリクを廊下に押しやると、自分は振り返って部屋の奥を見すえる。

すると、炎の向こうからリュシアンが叫んだ。

「ルネ、いいから、君も逃げろ！」

叫んだとたん、煙にむせたようだ。

ゲホ、ゴホッと音がする。

「絶対に、嫌だ!!」

「ルネ!!」

どんなに退避をうながされようが、まったく諦める気のなかったルネは、あたりを睨みつけるようにじっくりと見まわし、なにかいい方法がないかと必死で考える。

(なんでもいい)

なにか、方法はないか。

(考えろ、考えるんだ!!)

そうして、ルネが自分の中であれこれ思考を巡らせていると――。


――解放して。


突如、頭の中で声が響いた。

(――え?)

誰の声なのか。

なにから解放してほしいのか。

（なに？）

わからないまま、ルネはなにか大きな力に突き動かされるように右手を大きく振りかぶり、それまでずっと握りしめていた琥珀を宙に向かって放り投げていた。

まったくもって、意味不明の行動だ。

いったい、なぜそんなことをしたのか。

理由などわからない。

ただ、なにかが、彼にそうさせた。

もしかしたら、握っていた琥珀自身の思念かもしれない。

とにかく、彼は投げ、ルネの手を離れた琥珀が弧を描いて飛んでいく。

水入りの美しい琥珀が、宙でキラキラと輝きを帯びる。

そうして飛んでいった琥珀が、燃え盛る炎の先端に触れた瞬間——。

パシッと。

閃光《せんこう》とともに音を立てて琥珀が割れ、同時にダムが決壊でもしたかのような大量の水があたりに降り注いだ。

ドオオオオオオ。

瀑布《ばくふ》を思わせる音が、狭い室内に響きわたる。

それは、本当に、とんでもない量の水であった。

おかげで、ジュッと音を立てて炎が消え失《う》せ、代わりに水蒸気《き》が立ちのぼる。しかも幸いなことに、冷気が勝り、熱風すら封印した。

と、入り口のほうで声がした。

「やった！　なんとか、スプリンクラーが作動したみたいだぞ!!」

「間一髪!!」

「まさに、恵みの水だ!!」

どうやら、いったんは退避したものの、ドナルドたちは友人を見殺しにする気などさらさらなかったようで、新たに見つけた消火器を抱えて戻ってきてくれた。

歓《よろこ》びの声があがる中、揺らめく水蒸気の向こうからリュシアンの高雅な姿が立ち現れる。

もちろん、全身ずぶ濡《ぬ》れだ。

だが、どんな時でも、優雅で美しいのがリュシアンという人間であり、今も、見惚《みと》れるほどの神々《こうごう》しさで歩み寄ってくる。

その隣には、フラフラした足取りのハリの姿もあって、こちらは、対照的に濡れ鼠《ねずみ》といった風体であった。

「――リュシアン！」

無事な姿を確認して駆けだしたルネは、とっさにすべてを忘れてリュシアンの身体に抱きつく。

「よかった、リュシアン」

「──あ、濡れちゃうよ、ルネ」

「そんなのいい。──というか、もう濡れている。それより、無事でよかった!!」

そんなルネの身体を片手で抱きとめ、リュシアンもホッとした声で応じる。

「ありがとう。たしかに、間一髪だったよ。──正直、一時は死も覚悟したけど、あの尋常ではない量の水のおかげで命拾いした」

「うん、本当に」

よかったと心の底から喜んでいたルネに対し、軽く首をひねったリュシアンが「それにしても」と言う。

「不思議なのは、いったい、あの水はどこから湧いて出たものなのか……」

とたん、ハッとして身体を硬くしたルネに、リュシアンはなんとも謎《なぞ》めいた笑みを浮かべて問いかける。

「君はそうは思わなかったかい、ルネ?」

「……えっと、そうだね」

答えを言《い》い淀《よど》むルネの背後では、ドナルドとエリクが会話している。

「あ〜あ、全部、びしょ濡れだ」

「ま、そんなの、気にしないことだよ」

残念がるエリクに、むしろ、ドナルドのほうが励ますように言う。完全に立場が逆転しているが、彼らはそのことに気づいていない。

「でも、貴重な本や『寓意図』が……」

「そうだけど、燃え残ったものも多いし、乾かせば復活するものもあるさ」

「そうなのかな？」

「ああ」

ドナルドが断言し、ようやくホッとしたように笑ったエリクが、「ところで」とあたりを見まわしながら訊く。

「さっきから思っていたんだけど、なんか、ここ、潮の香りがしない？」

「たしかに」

認めたドナルドが、クンクンと鼻を鳴らしながら言う。

「するね」

「え、もしかして、海水でも降った？」

「まさか」

即座に否定したドナルドが、「きっと」と推測する。

「ここも水道管が古くなっていて、なんらかの影響で地中のナトリウムが染みこんでいたんだろう」

そうこう言っているうちにも、火災報知機の音を聞いた職員たちが次々となだれ込んできて、あたりはどんどん騒がしくなっていく。

さらに、少しして到着した消防隊員と救急隊員が現場をうろつきまわり、あっという間にリュシアンと引き離されたルネも、職員にあれこれと事情を訊かれた。

なぜ、こんなことになったのか。

他に、誰がこの部屋にいたのか。

いったい、この部屋でなにが起きたのか。

だが、ルネに答えられることは少ない。

そんな風に質問攻めにされている中、遠目にではあったが、彼は、焼け跡を見てまわっていたリュシアンがある場所で立ち止まり、床から二度なにかを拾いあげている姿を目にした。

いったい、なにを見つけたのか。

とても気になったが、それがなんであるかを確認する間もなく、現場にいた全員が、それぞれ寮監に付き添われて別々に病院で検査を受けることになり、その日はもうリュシアンとゆっくり話すことはできずに終わった。

7

翌々日。

その日は土曜日ということもあって、ルネとアルフォンスとドナルドとエリクは、久しぶりに四人でゆっくりと昼食を摂《と》りながら、あれこれと話していた。どうやらエリクとドナルドも火事のどさくさですっかり仲直りをしたようで、一時は崩壊寸前だった彼らの関係も、なんとか元通りの穏やかさを取り戻すことができた。

いや、元通りどころか、それ以上だろう。

なにせ、それまで入学時の部屋割りの延長でなんとなく一緒にいた彼らも、それぞれが互いの必要性を再確認し、その認識の上に新たな関係を築いていこうと思えるようになっていたからだ。

考えようによっては、あの火事がすべてを焼き払い、彼らの間にあった禍根を断ってくれたようなものである。

そして、あとには、水で洗われたような清々しい復活が待っていた。

(まさに、雨降って地固まる――)

そんなことを思いながら嬉しそうに仲間の顔を見守るルネの前で、「それにしても」とエリクが言う。

「あれには、本当にびっくりしたよ」

もちろん、火事についての感想だ。

現場にはあとから到着したドナルドが、尋ねる。

「やっぱり、ケアリーが火をつけたんだ？」

「うん」

認めたエリクが、どこか気の毒そうに「今思えば」と続ける。

「少し前からどこかおかしな感じではあったんだよなあ」

「おかしな？」

ドナルドが首をかしげて訊き返す。

「どんな風に？」

「う〜ん、なんて言うか、『うわの空』とか『心ここにあらず』っていうやつ？」

「ああ、わかる」

ルネがうなずき、「前に」と付け足した。

「すれ違った時に、ちょっと心配になるくらい思いつめた顔をしていたから」

「でも、だからって、火をつけていいってもんでもないがね」

アルフォンスが苦々しげに口をはさむが、エリクはあくまでも同情的だ。

「たしかにそうなんだけど、なんか責める気にならないな。……まあ、死者や怪我人《けがにん》が出たわけではなく、最終的には物的被害もボヤに毛が生えた程度で済んだから言えることだけど、むしろ、ああなる前に、誰かが気づいて、ケアリーに手を差し伸べるべきだったんじゃないかな。――あの人、完全に追い詰められていたはずだもん。僕が、あの時、とっさに彼のあとを追ったのだって、自殺でもするんじゃないかと思ったからだし」

「君は、優しいからな」

ドナルドがフォローするように言い、ルネも認める。

「たしかに、エリクは優しい」

「……そんなことないよ」

照れたように否定したエリクは、「それに」と反省する。

「それこそ、今言ったように、僕が自分のことばかりにかまけていないで、もっと早くにケアリーの異変に気づいていれば、止めることもできたはずだから」

「そんなの、エリクのせいではないよ」

「わかっているけど……」

ルネに言われてもエリクの心は晴れないらしく、なんとも気がかりそうに誰にともなく尋ねた。

「……ケアリーって、このあと、どうなるんだろう?」

「たしかに」

ルネも、その点はすごく気になっていた。

大人たちの問題として賠償責任などもあるだろうし、本人にも謹慎等なんらかの処罰が下るのは仕方ないにしても、事後のフォローもなく退学――つまり、ただ放り出されるなんてことには絶対になって欲しくない。

こうなったからには、最後まで面倒をみるべきだ。

すると、一般の生徒が知らない事情を知っているらしいアルフォンスとドナルドがチラッと視線をかわしてから、先にドナルドが声を潜めて教えてくれる。

「これはまだオフレコなのでここだけの話にしてほしいんだけど、ケアリーは、夏休みを利用して療養施設で精神的な治療を受けたあと、新学年からドイツの学校に転校することになるそうだよ」

「そうなんだ……」

残念そうに、エリクが応じる。

「つまり、この学校にはいられないんだね?」

「うん」

うなずいたドナルドに対し、「ただ」とアルフォンスが付け足した。

「これは、学校側の一方的な意向ではなく、あくまでもケアリーのことを大人たちがみんなでよく考えた上で、出した結論なんだ」

「ケアリーのことを？」

エリクが問いかけ、アルフォンスが答える。

「ああ。――だいたい、あれだけのことをしたんだ、この学校に残ったって、ケアリー自身が居づらいだけだろう」

「まあ、そうだけど……」

「それに、転校のこともそうだし、ケアリーのことを考えた上での結論として、今回の放火について、学校側はケアリーを訴えないことにしたそうだ。もちろん、賠償責任も問わない」

「そうなの？」

「意外」

驚いたルネとエリクが、「でも、よかった」とそれぞれ胸を撫《な》でおろす。ハリのことを思えばありがたいことだが、ただ、やはりびっくりする話であることに変わりはなく、ルネが「だけど」と疑問を呈した。

「なんで、そんなに寛大なんだろう？」

なにせ、今回燃やされたのは、この学校の創立とも深く関わってくる貴重な「寓意図」である。それをもとに、大人たちまでもが目の色を変えて必死で宝探しをしていたというのに、その「寓意図」を燃やした人間を罪に問わないとは――。

　エリクが続けて言う。

「うん。なにか裏がありそうで、ちょっと怖いくらいだな」

　それに対し、アルフォンスが答える。

「まあ、そう思われても仕方ないが、今回の件では、その大人たちが深く反省したようなんだ」

「大人たちが反省？」

　目を丸くするルネの前で、アルフォンスがドナルドに話を振る。

「なあ、そうだろう、ドニー？」

「そういうことだよ」

　苦笑気味にうなずいたドナルドが、彼の前で不審そうな顔をしているエリクとルネに対し、「わかっている」と続けた。

「理解できない気持ちはよくわかるから、ちょっと補足させてもらうと、そもそも、ケアリーをあそこまで追い詰めた原因は、彼の祖父であるトーマス・ケアリーと僕の祖父であるバートン・ドッティの確執にあったんだ」

「祖父の確執――？」

　また、急な話の展開で、エリクとルネが顔を見合わせてから尋ねる。

「それは、どんな?」

「これから話すけど、まず、なぜ、それがわかったかと言うと、これもちょっと話が脇に逸《そ》れて……、ルネが図書館の書庫で見つけたメモがあるだろう?」

「ああ、うん」

ルネがうなずき、ドナルドが「あれは」と告げる。

「信じられないことに、今名前のあがった僕の祖父、バートン・ドッティが残したものだったんだ」

「マジで⁉」

驚くエリクとは対照的に、ルネは「ああ」とかなり反応が薄かった。それも当然で、彼は、その可能性について、すでにリュシアンから聞いていたからだ。

そんなルネを不審に思ったらしいアルフォンスがオレンジがかった琥珀色の目を細める横で、話に夢中になっていたドナルドは気づかずに、「これは」と続けた。

「すでにテディが祖父に連絡を取って確認しているから、間違いない」

「へえ」

興奮したように応じたエリクが、「あれ、でも」とあることに気づいて尋ねた。

「だとしたら、ドニーたちが探していたものって、どこにあるかわかったってこと?」

尋ねたあとで、記憶を辿るように「ほら、なんだっけ」と続ける。

「メモにあった『雫』がどうのっていう」

「『人を惑わす太陽の雫よ』だね」

「ああ、そうそう。――それって、もし君のおじいさんが隠したのなら、隠し場所はわかったんだろう？」

「その通りで」

認めたドナルドが、ふたたびアルフォンスと視線を合わせてから答えた。

「隠し場所はわかったし、実際、昨日の午後、僕とテディとアルの三人で早速掘り返しに行って、探していたものは見つけたんだよ」

「それは、よかったね」

単純に喜ぶエリクに、「そうなんだけど」とドナルドが気がかりそうに教える。

「念のために掘り出したものの写真を送ったら、祖父は記憶にあるものと違うと言っていて、そこはまだ喜んでいいかどうか、はっきりしていないんだ」

「……そうなんだ？」

「祖父が言うには、彼が埋めたのは、美しい水入りのゴールド・アンバーだったそうなんだけど、僕たちが掘り返して見つけたのは虫入りのゴールド・アンバーで、気泡はあったけど、水入りではなかった。――今はテディが持っていて、ああ、写真だけなら見せられるよ」

言いながら、スマートフォンを操作して該当する写真を提示する。

「へえ、これが」

覗き込んだエリクが言い、一緒に覗き込んだルネが感嘆する。

「うわあ、きれいな琥珀だなあ」

実際、それは透明度が高くてなんとも品のあるゴールド・アンバーで、初めて見るルネは本当に感動したのだ。

まさに宝石だ。

エリクが尋ねる。

「でも、おじいさんは、これじゃないって？」

「そうなんだけど、たぶん、祖父の記憶違いだろうな」

アルフォンスが、「俺も」と賛同する。

「そう思う。お前のじいさんには悪いが、彼が教えた場所から出てきたものだし、あんなところに、別の琥珀が埋まっているとも思えない。それに、なんと言っても、埋めたのは何十年も前のことであるわけで、人の記憶は美化されやすいから、どこかの時点でじいさんの頭の中で、ただの気泡が水入りとすり替わったんだろう。——ちなみに、その虫入りだってかなり貴重だ」

「わかっている」

応じたドナルドに続き、エリクが、「というか」と尋ねる。

「そんなに貴重な琥珀なら、そもそも、なんで埋めたりしたわけ？」

もっともな疑問である。

肩をすくめたドナルドが、「それが」と説明する。

「祖父が言うには、その琥珀こそが、彼の両親の不和を招いたものだと知ったからなんだとかって」

「ご両親の不和？」

その言葉に、ルネはドキリとする。

人を惑わす太陽の雫――。

そんな煽り文句の通り、琥珀の中には、人魚の流した涙のせいで、不和をもたらすものがあるという。

エリクが訊いた。

「それはどういう……」

「う～ん。これがまた、一言で説明するには少々ややこしくて」

前置きしたドナルドが、話し出す。

「もともと、その琥珀を海岸で拾ったのは、ケアリーの曾祖父《そうそふ》であるライムント・ケアリーだったそうで、僕の祖父の母親は――つまりは僕の曾祖母《そうそぼ》に当たる人だけど、ネックレスに仕立てられたその琥珀に魅了されてしまい、それ欲しさにライムントと浮気をしてしまったそうなんだ」

「え、琥珀欲しさに浮気？」

信じられないといった表情で応じたエリクに対し、ルネは「おや？」と心の中で首をかしげる。今のエリクと同じような感想を持った記憶があり、これも、どこかで聞いた話だと思ったからだ。

あれは、いつのことであったか。

はっきりとは思い出せないが、おそらく、リュシアンと琥珀の話をした時に、彼の口から聞いたのだろう。——琥珀欲しさに浮気をし、そのことが原因で姿を消した夫を捜し求めてこの世をさまよう羽目になったという女神の話だ。

どうやら、琥珀には、そのような誘惑が付きものであるらしい。

（でなければ、どちらも同じ琥珀なのか——）

もしそうなら、女神が回収に走ったとしても、わからなくはない。

考え込むルネの横で、エリクが尋ねる。

「それで、どうなったわけ？」

「なんでも、浮気がばれて夫婦間で大喧嘩になったらしくてね。その時に、弾みでネックレスが壊れて、たまたま起きだした息子のバートンがそれを拾った。——ただ、その時の彼は、両親の喧嘩が母親の浮気にあるとは思いもせず、その後、家を出ていった母の思い出の品として、その琥珀を大事に持っていたそうなんだ」

「……なんか、ちょっと切ないね」

エリクの感想に、ドナルドが「うん」とうなずいてから続ける。

「ところが、運命というのは皮肉なもので、数年後、成長したバートンはこの学校に入学し、ライムントの息子であるトーマスも同時期に入学した。——しかも、ダイヤモンド寮の特別棟に入寮したバートンに対し、トーマスはその隣人になったんだ」

そこで、アルフォンスが補足する。

「いわゆる『主人の居室』と『使用人部屋』だな」

「え、でも」

ルネがアルフォンスを見て確認する。

「『使用人部屋』と言っても、それは大昔のことで、今は違うわけだよね？」

「たしかに、『今』は違うが」

答えたアルフォンスが「おそらく」と推測する。

「祖父たちの時代となると、またちょっと話は変わってくるだろう」

「その通りで」

認めたドナルドが続ける。

「当時の特別棟は、今よりもっと『特別』で、多額の寄付金によって入寮でき、『使用人部屋』には、その寄付金で学費を免除された生徒が入るようになっていた」

「それって、つまり――」

エリクが、眉をひそめて言う。

「それぞれの部屋の住人は、同じ生徒でも決して対等ではないということだよね？」

「うん」

うなずいたドナルドが、「実際に」と告げる。

「うちの祖父は、ケアリーの祖父のことを使用人と見做《みな》していたみたいだ。……まあ、庇《かば》うわけではないけど、ある意味、そういう時代だったと思ってほしい」

事実、時代によって常識は変わり、ちょっと前までは公然と身分格差があったのだ。

今は身分格差こそ減少しつつあるが、経済格差は広がる一方で、この先だって、どんな常識がまかり通るようになるかは、誰にもわからない。

ドナルドが、「しかも」と続けた。

「最悪なことに、ある時、祖父は、母親が家を出た原因が、ケアリーの祖父の父親であるライムントと浮気したせいだと知ってしまい、憤懣《ふんまん》やるかたなくなって、母親との思い出の品である琥珀を埋めた末に、腹いせとして、ケアリーの祖父に対し、かなりひどい態度を取ってしまったそうなんだ」

「本当に最悪だね」

「間違いなく」

　ドナルドが応じ、「その結果」と教える。

「ケアリーの祖父は、ドッティ家が代々夢中になって探していた『賢者の石』を、僕の祖父より先に見つけだし、なんとか見返してやろうという暗い野望に取り憑かれてしまったようなんだ。――ただ、知っての通り、在学中にそれは叶《かな》わず、卒業して長い年月が経《た》った今でも同じような執念を燃やし、それをすべて孫のハリに託した」

「ああ、だから」

　ルネが納得する。

「ケアリーは、必死に『寓意図』の研究をしていたんだ」

「うん。――しかも、『ホロスコプスの時計』が動きだしてからのケアリーの祖父のプッシュはすさまじいものがあったらしく、ケアリーは、この一年近く、夜、あまり眠れなかったみたいだよ」

「かわいそうに」

「本当にね」

　認めたドナルドが、「テディによると」と説明する。

「ケアリーは両親が早くに離婚し、しばらくは母子ともに母方の祖父であるトーマス・ケアリーのもとで暮らしていたそうで、母親が再婚してドイツに行ってからは、祖父が彼の面倒を見てくれたということなんだ。祖父のトーマスは、どうやらこの学校を卒業後に奮起して、ライムントの時代に傾いた家を立て直し、かなり裕福になっていたみたいだね」

アルフォンスが、横から補足する。

「それも、ある意味、お前のじーさんであるバートン・ドッティを見返したい一心だったろうから、人生、なにが幸いするかわからないってことだな」

「うん」

認めたドナルドが、「ただ」と言う。

「そのせいで、ケアリーは、祖父の意向に添わなければ自分は居場所を失《な》くしてしまうと必死になるしかなかった」

ルネが「それで」と苦しさとともに続きを言う。

「あんな状態になっても嫌だと言うことができず、またそのことを誰に相談できるわけでもなく、どんどん追い詰められてしまったのか……」

とたん、エリクが憤慨して言った。

「なら、悪いのはケアリーのおじいさんだ！」

「それもそうだし、うちの祖父もね」

応じたドナルドが、「そもそも」と続ける。

「ケアリーのおじいさんをそこまで依怙地《いこじ》にしたのは、うちの祖父なわけだから」

「そうか」

「で、今回、すべてが明るみに出たことで、年寄りながらうちの祖父も反省し、理事会も『賢者の石』探しが生徒に悪い影響を与えるのなら、それはまったく意味のないこととして、燃えてしまったのを機に、『寓意図』への執着も絶つことに決めたってわけだ」

「それは、むしろいいことかもね」

エリクがしみじみと言い、我が身に照らし合わせて考えたらしいドナルドも「うん」と素直にうなずいて続けた。

「それで、最初に言ったように、追い詰められたケアリーのしでかしたことは彼の魂の叫びとして不問に付した上で、適切な治療を受けさせる――ということで合意したんだ」

「そうか……」

ようやく納得したらしいエリクに対し、アルフォンスが「ちなみに」と付け足した。

「ケアリーのじーさんも、自分が孫をそこまで追い詰めたと知って目が覚めたようで、今後はなんの見返りもなく援助することを惜しまないと言っているそうだし、彼らがドイツの学校を選んだのも、再婚した彼の母親が、夫と相談した上で、息子を自分の目の届くところに置こうと決心したからだと聞いている」

「それは、よかった」

「本当によかった」

　心底ホッとして言ったエリクとルネに、ドナルドが「ついでに言うと」と告げた。

「うちの祖父が、かつてのことをケアリーの祖父に謝りたいと言っているようだから、そのあたりは、また老人同士の会合が持たれるだろう」

それに対し、アルフォンスが言う。

「我が家を含む『サンク・ディアマン協会』も、まあ、全員が全員納得しているわけではないと思うが、理事会の決定を全面的に受け容《う》《い》れ、『寓意図』の焼失は、ある種の天啓であると見做すことにしたらしい」

「え?」

ルネが不思議そうに訊き返す。

「それって、どういうこと?」

「だ、か、ら」と、アルフォンスが人さし指を三回振りながら説明する。

「もう、俺やドニー、あるいは、ドニーの従兄弟のセオドアやお前の親戚《しんせき》のサミュエル・デサンジュなんかも含め、この学校の生徒はみんな、『賢者の石』探しなんかにうつつを抜かすことなく、しっかり友情を育《はぐく》めってことだよ」

「どうせ、端《はな》からそんなものは見つかりっこないんだし」

エリクの言葉を、肩をすくめたアルフォンスとドナルドが認める。

「ま、そういうこったな」

「うん。――『賢者の石』は、伝説だからいいんだよ」

そうして違う話題に移っていく彼らのそばを、その時、スッと、エメを従えたリュシアンが通る。

その際、チラッとリュシアンが青玉色《サファイアブルー》の瞳でルネのほうを見て、ルネもボトルグリーンの瞳で見返した。

一瞬の交錯。

だが、その一瞬にすべてが集約されているような密度の濃い時間であった。

そのままリュシアンは通り過ぎ、ルネも仲間たちとの他愛ない会話を楽しむ。

ただし、ルネの脳裏には、昨日の朝早く、リュシアンと二人で話したことがまざまざと思い返されていた。

終章

時は戻って、火事のあった日の翌日の早朝。

ルネは、前日の夜に届いた一通のメールの内容に応じるかたちで起床時間前に「聖母の泉」へとやってきた。そのメールとはリュシアンから送られてきたもので、「話があるのでどこかで会いたい」と書いてあったのだ。

リュシアンとは焼け跡で別れて以来だが、こんなに朝早くに呼び出してまで話したいこととはなんなのか。

ドキドキしながら待っていると――。

例によって例のごとく、日課であるジョギングをしてきたらしいリュシアンが、いつものウェア姿で現れた。陽光の下《もと》、ポケットに手を突っ込んで歩く様子も、なんとも品があって様になる。

思わず見惚《みと》れてしまったルネに、リュシアンが近づきながら挨拶《あいさつ》した。

「やあ、ルネ」

「——おはよう、リュシアン」

「こんな時間に呼び出したりして、悪かったね」

「ううん。——どうせ散歩したかったから」

応じたルネが、訊《き》く。

「それより、なにかあったの？」

こんな時間の呼び出しであれば、なにかないわけがない。

緊張するルネに、リュシアンが「そうだね」と曖昧《あいまい》な表現で返した。

「あったというより、すでにあったことに対する疑問をどうしても解いてしまいたくて」

「あったことに対する疑問……？」

わからずに繰り返したルネに対し、リュシアンが握りしめたままの右手をポケットから出し、スッと前に差し出した。

条件反射で受け取る姿勢になったルネの掌《てのひら》の上で、リュシアンが自分の手を開く。

そこから、ポトポトッと。

黄金色に輝く透き通った石が滑り落ちた。

突如、掌の上に現れた二つの石を見て、ルネは驚く。

「あれ、これって——」

言いながら顔をあげると、リュシアンは青玉色《サファイアブルー》の瞳《ひとみ》でルネのことをじっと見つめながら答えた。

「火事の焼け跡で拾ったんだ」

言われて、ルネは思い出す。

あの時、人の往来する焼け焦げた資料室で、リュシアンは、かがみ込んで足元に落ちていたなにかを拾いあげていた。

なにを拾っているかまではわからなかったが、その姿がなぜか印象に残っていた。

(そうか、あれって……)

ルネは、もう一度、掌の上の二つの石を見おろして思う。

(これを拾っていたんだ)

それは、琥珀《こはく》だった。

どちらも透き通った見事なゴールド・アンバーで、割れ具合からして、かつては一つの石であったことが明白だ。

間違いない。

その琥珀は、火事の前に、ルネとリュシアンが、この近くにある「迷宮図」の彫られた石の下から掘り出したものだろう。

割れる前は、水入りの美しい琥珀だった。

あのあとすぐ、火災報知機が鳴り、現場に駆けつけたルネとリュシアンは、それぞれ別の動きをすることとなる。

まず、煙にまかれて動けなくなったハリを助けに走ったリュシアンは、そこで運悪く退路をふさがれ、ハリともども窮地に陥った。

それを見て、ルネがなにをしたらいいのかわからずに焦っていると、頭の中で「解放して」という声が響き、その切羽詰まった声にうながされるように、手に入れたばかりの水入り琥珀を投げたのだ。

とたん――。

その場にはダムが決壊でもしたかのようなすさまじい量の水が一気に降り注ぎ、一瞬で鎮火した。

信じられないことに、琥珀からそれだけの水が流れ出たのだ。

やはり、あれはふつうの琥珀ではなかったのだろう。

ただ、現場に居合わせた人はもちろんのこと、あとからやってきた人たちもみな、当然のことながら、大量の放水は、それまで作動しなかったスプリンクラーがようやく作動したためだと判断した。

それ以外に、あの場に水が降る理由が思い当たらないからだ。

だが、実際は違う。

あの水は、ルネが投げた琥珀から流れたものだ。

理由はわからなかったが、どうやらなにかが「解放されたい」と願っていて、それが解放された結果が、あの大量の水だったのだ。

(でも、いったいなにが――?)

解放されたいと願っていたのか。

考え込むルネに、リュシアンが言う。

「思うに、その琥珀は、僕たちがあの少し前に見つけた、例の水入り琥珀のなれの果てではないかな」

顔をあげてなにか言おうとしたルネに対し、人さし指一本で押しとどめたリュシアンが「というのも」と続ける。

「あの時、僕は退路を探してあちこち見まわしていたんだけど、その際、煙の向こうに立つ君が、なにかを投げるのを見たんだ。それで、一瞬、迫りくる炎のことも忘れてじっと目で追ってしまったんだけど、キラキラ輝きながら炎の上に到達したそれは、突如閃光《せんこう》を放って砕け、そのあと、あの大量の水が出現した」

リュシアンは、「出現」という言葉を使って、あの時の状況を表現した。

それはつまり、あれがスプリンクラーの作動による通常の消火活動とは考えていないということだ。

リュシアンが、その思いをぶつける。

「あの状況は、どう考えても、ふつうではなかった」

「ふつうではないって……」

ルネが、おそるおそる尋ねる。

「それなら、リュシアンはなんだと思うの？」

「そうだね」

リュシアンは、考え込みながら答えた。

「想像できることとして、やはり、これがただの琥珀ではなかったということかな」

「ただの琥珀ではない？」

「そうだよ」

ルネが常日頃口に出さないように気をつけていることを、リュシアンはいともあっさり肯定して続けた。

「仮に、これが人魚の流した涙でできていたとしよう。――あるいは、人魚の涙を閉じ込めて作られた――でもいい。どちらにしろ、これは特別な琥珀で、本来は異界に住まう女神が所有するものであったのだけれど、なにかのきっかけで人間界に流出してしまったと考えたらどうだい？」

「どうって……」

「もともと異界のものであれば、その琥珀の中はあちら側と通じていて、そこから流れ出た水――あるいは涙が、あの火を一瞬で消し止めたと考えたら、辻褄《つじつま》が合う気がしないかい？」

「……辻褄」

たしかに辻褄は合うが、それは常識とは軸を異にする辻褄だ。

それなのに、リュシアンは、「ほら」といとも気安く話を続けた。

「人魚の涙なら、多少、潮の香りがしてもわかる気がするし」

たしかにそうだ。

潮の香りもそうだし、あれが異界――海と繋《つな》がっていたなら、ルネが波の音を聞いたことにも納得がいく。あれは石の発する音ではなく、石の下で眠っていた琥珀から響いてきたのだろう。

（だけど――）

ルネは、困惑しながらリュシアンを見あげる。

「リュシアンは、本当にそれで納得がいくの？」

「そうだね。――納得がいくし、そもそも君は、意味があるから、あの時、琥珀を投げたわけだろう？」

「あ、いや、あれは――」

答えを言《い》い淀《よど》んだルネが下を向くと、「思い起こせば」とリュシアンは告げた。

「君は、出会いの時からそうだった」

ハッとして顔をあげたルネを真《ま》っ直《す》ぐ見すえて、リュシアンは続ける。

「僕が最初に声をかけた時、君はターコイズを拾っていて、その後、止まっていた時計をターコイズが動かした」

「それは……」

ルネがなにか言いかけるが、リュシアンは首を小さく振って黙らせ「それから」と続ける。

「『サモス王の呪《のろ》いの指輪』を巡って騒動が起きた時には、最初、君はまったく関与していないようにも思えたけど、よく考えたら、それより前に、怪我《けが》をしたハゲワシを見つけていたよね。――それがいかに重要な意味を持つことであったかは、全体を俯瞰《ふかん》すれば容易に察しがつくことだ」

「……リュシアン」

「そして、今回の琥珀だろう？」

続きを聞きたくなくてふたたび下を向いたルネに、リュシアンが「君」と切り込む。

「やっぱり、それらすべてに関与しているね？」

その質問には答えたくなくて、下を向いたままゆるゆると首を横に振るルネに対し、リュシアンが小さく溜息《ためいき》をついて言う。

「そうか。もう出会って一年近くが経《た》つんだけどね。まだ、答えたくないか」

諦《あきら》めたように言ってから、「でもまあ」と明るく告げた。

「君が答えたくないのなら、無理強《むりじ》いはしない。――ただ、そうなると、僕の中でちょっとわからないのは、あの『寓意図《ぐういず》』のことなんだよ」

「『寓意図』……？」

目まぐるしく色々と考えるルネの前で、リュシアンは勝手に話を進めた。

「僕は、あのあと、もう一度他の『寓意図』にも目を通してみたんだけど、最初の三つのテーマに関しては、たしかに、起きた出来事を示唆する内容になっていた。もちろん、その時に必要とされる宝石を見つけるためのヒントになっていたという意味で、ね。――でも、だとしたら、やっぱりおかしい。少なくとも、君は『賢者の石』など探していないはずなのに、『寓意図』に合致した宝石を次々と見つけているわけだから」

断言したあとで、それまで考えもしなかった可能性を思いついたらしく、「あ、いや、それとも」と付け加えた。

「デサンジュ家の人間として、実は密命でも帯びていた？」

とたん、パッと顔をあげたルネが答えた。

「まさか。そんなことはない」

「だろうね」

ルネが顔をあげたことで少しホッとしたらしいリュシアンが、柔らかな笑みを浮かべて肯定する。

「僕も、不思議とそこを疑う気にはならなくて。――でも、そうなると、やっぱり誰かがあの『寓意図』を利用して、君になにかをさせたがっているとしか思えない」

リュシアンは、本人がまだ認めていないにもかかわらず、すでにルネが一連の出来事の中で重要な役割を担っているという前提に立って話していたが、ルネは他のことに気を取られていたため否定しそこなう。

（たしかに――）

ルネ自身、これまでにそのあたりを不思議に思ったことは何度かあって、こうしてはっきりと口にされたことで、改めて考え込んでしまったのだ。

（あの『寓意図』は、どうして存在しているのだろう……？）

そんなルネを見つめていたリュシアンが、ややあって言う。

「あるいは――」

その言葉に惹《ひ》かれるようにリュシアンに注意を向けたルネが、続きをうながす。

「あるいは？」

「そもそも、あの『寓意図』は、まったく別の目的のために描かれたか――」

「まったく別の目的？」

繰り返したルネが尋ねる。

「たとえば？」

「わからないけど、そう考えるとワクワクしないかい？」

「ワクワク？」

「そう。そのことに気づいた僕と君で、この先、どんな冒険ができるか――」

「冒険……」

自分の持つ若干特殊な能力について、そんな風に考えたことのなかったルネが、目を丸くしてリュシアンを見つめる。

どんな冒険ができるか。

それを、ワクワクしながら待つ。

「もしかして、リュシアンは――」

ルネは衝動的になにか言いかけるが、やはり続きを言えずに黙り込む。すると、そんな彼の肩をポンポンと叩《たた》いて、リュシアンが優しく告げた。

「別に、僕は急いでいないから、安心していいよ、ルネ。――ただ、ひとまず、その二つに割れた琥珀は、君に預けることにする。そうすれば、きっと、その琥珀にとって一番いい方法で処分されるだろうから」

そう言われ、改めて手の中の琥珀を見おろすルネに、「ああ、そうそう」とリュシアンが付け足した。

「その琥珀を掘り出した場所には、念のため、僕が代わりの琥珀を埋めておいたよ」

「——え？」

驚くルネに、リュシアンが肩をすくめて「だって」と言う。

「勝手に掘り出しておいてそのままにしてしまっては、埋めた持ち主に悪いから」

「たしかに……」

「とはいえ、急なことでさすがに水入り琥珀は手に入らなかったから、僕が用意できる中でもっとも貴重な虫入りの琥珀を埋めてきた。——まあ、何十年も経っていれば、人の記憶は曖昧になるし、女神の持ち物に比べたら価値はさがるだろうけど、不和をもたらすようなものを持っているよりは、当人にとってもいいだろう」

あっさり告げたリュシアンは、そこで「じゃあ」と挨拶する。

「そろそろエメが戻る頃だし、僕は先に失礼するよ」

「——あ、うん」

手を振って去っていく高雅な後ろ姿を長いこと見つめていたルネは、その姿が完全に見えなくなったところで小さく溜息をついた。

あまりに色々とありすぎて、頭の中が整理しきれていない。

ただ、一つだけ、間違いなくやるべきことがあると思ったルネは、踵《きびす》を返し、「聖母の泉」と呼ばれる人工洞窟《どうくつ》に足を踏み入れた。

そこで、静謐《せいひつ》な空間に一人立ったルネは、手にした琥珀を湧水《ゆうすい》の受け口の中に一つずつ落としながらつぶやく。

「――これで、よかったんですよね？」

確信は一つもなかったが、おそらくこうすることで、なにかの理由でこの世にさまよい出てしまった琥珀は、無事本来の持ち主である女神のもとに戻るだろう。

人魚の涙も解放されて、一件落着だ。

それを肯定するかのように水の中でゆらゆらと揺れていた琥珀が、やがて溶けるように薄らいでいき、ついにはふっとかき消えた。

還《かえ》ったのだ。

あるべき場所に――。

肩の荷がおりてホッとしたルネは、洞窟を出ながら、先ほどリュシアンが言ったことを思い返す。


僕と君で、この先、どんな冒険ができるか――。

（本当に、そんなことができるのだろうか？）

ルネは、考える。

そんな都合のいいことが、あってもいいのか？

ルネが持つ、ふつうとは少し違う能力。

すさまじい霊能力があるとか、人の心が読めるとか、そういうわけではないが、ほんのちょっとだけ人には見えないものが見えたり、彼方《かなた》からの声が届いたり、夢でメッセージを受け取ったりしてしまう。

それだけなのだが、幼少期の無防備だった頃にはそれを気味悪がられ敬遠されたという過去がある。

だが、リュシアンは、それを嫌がるどころか「冒険」と言った。

ワクワクする、と。

（冒険か――）

なんだかわからないが、たしかなのは、リュシアンの言葉で、これまでルネがただただ必死で隠そうとしてきたことに光が当たり、それが心の奥底でキラキラと輝きを帯び始めたということだ。

なにかが変わろうとしている――。

それはこの一年でずいぶんと思ったことであったが、変化はこの先もまだまだ続いていくのかもしれない。

もちろん、好ましい変化もあれば、好ましくない変化もあるだろう。
でも、そこに希望さえ見出《みいだ》せれば、変化は輝きとともにやってくる——。
そんな予感に満たされながら、ルネは足取り軽く寮への道を戻っていった。

あとがき

めっきり寒くなりましたね。――少し前までは半袖《はんそで》でも汗をかくほどだったのに、今朝起きて、思わず叫んでしまいましたよ。

「秋は、どこへ行った～～～⁉」

ということで、皆様はいかがお過ごしでしょうか。

こんにちは、篠原美季《しのはらみき》です。

さて、前回のあとがきで、一気に経済が動き出すのでは……というようなことを書いたものの、あれからまだそれほど時間が経《た》っていないこともあり、私のまわりはまだまだ胎動状態です。ただ、先々週よりは先週のほうが、そして先週よりは今週のほうが、なんとな～くですが、見えない鬱屈感《うっくつかん》は軽減してきたような気がします。――極めて感覚的なことなので、どこがどうとは言えないのですけど（笑）。

あ、でも、時短要請は解除されるようなので、目に見えて鬱屈感は消えるのかな？

そんな中、私のぶれかけていた軸をバージョンアップする形で整えてくれた「サン・ピエールの宝石迷宮」もひとまず終焉《しゅうえん》を迎えました。

いつもそうですが、私は——たぶん、私に限らず、シリーズものを書く作家の方はみなさんそうでしょうけど——、巻数が増すごとに登場人物に対する愛着が深まっていくので、終了させる時は身をもがれるくらいつらいです。

つらいけど、仕方ない。

何事にも、終わりは必ず来ますからね。

ただ、内容的に未来ある終わり方をさせているので、こうしてこの世に生み出された彼らの物語の続きを、機会を得てまたどこかで書けたらいいなと願っています‼

とはいえ、まずは次ですよ。

このあと、来年の早い段階で電子オリジナルの書き下ろしを配信するつもりです♪

内容としては、「英国妖異譚《よういたん》」でお馴染《なじ》みの全寮制パブリックスクール、セント・ラファエロを舞台に、新キャラクターたちが活躍する物語を書いていこうと思っています。

テーマは、植物……かな?

もっとも、植物を育てる生徒たちのほんわかした話とかではなく、当然、不思議系でオカルト系です。

私には、それ以外書けない——というか、そもそも書く気がない（笑）。

最近、ちょっとした出会いがあり、自分がやらなければならないことはこれなんだ、というのを実感しました。だから、電子オリジナルでは、本シリーズで学んだことを取り入れつつ、思いっきり、私らしい世界観を展開していきたいと思っています。

その上で、導入には我らがユウリ・フォーダムが登場し、主人公は彼にゆかりのある人物にするつもりなのですが、正直、そのあたりはまだ未定です。なんといっても、電子オリジナルは、私にとっては未知の領域ですから、書いてみるまでわからにゃい（笑）。

ま、なにごとも挑戦です。

ということで、電子書籍購読の準備がまだの方は、ぜひ、これを機に挑戦してみてくださいね。案外、忙《せわ》しない日々の中、手元にいつでも読みたい小説があるのは、紙の本とは違う意味で良い感じかもしれませんし、できれば、より強力に、疲弊していく心をシールドしてくれるような物語を書いていきたいと思っています。――な～んちゃって♪

最後になりましたが、「サン・ピエールの宝石迷宮」の世界に素晴らしい色をつけてくださったサマミヤアカザ先生、本当にありがとうございました。また、このシリーズを手に取って読んでくださった方々にも多大なる感謝を捧《ささ》げます。

では、次回、電子の世界でお会いできることを祈って――。


本格的な冬の到来を前に。

篠原美季　拝

『サン・ピエールの宝石迷宮　琥珀《こはく》と秘密の終焉《しゅうえん》』、いかがでしたか？
篠原《しのはら》美季《みき》先生、イラストのサマミヤアカザ先生への、みなさまのお便りをお待ちしております。

篠原美季先生のファンレターのあて先
〒112-8001　東京都文京区音羽2-12-21　講談社　講談社文庫出版部「篠原美季先生」係

サマミヤアカザ先生のファンレターのあて先
〒112-8001　東京都文京区音羽2-12-21　講談社　講談社文庫出版部「サマミヤアカザ先生」係

N.D.C.913　284p　15cm

篠原美季（しのはら・みき）
4月9日生まれ、B型。横浜市在住。
茶道とパワーストーンに心を癒やされつつ相変わらずジム通いもかかさない。日々是好日実践中。

講談社X文庫

KODANSHA

white heart

サン・ピエールの宝石迷宮《ほうせきめいきゅう》

琥珀《こはく》と秘密《ひみつ》の終焉《しゅうえん》

篠原美季《しのはらみき》

●

2021年12月3日　第1刷発行

定価はカバーに表示してあります。

発行者――鈴木章一
発行所――株式会社 講談社
東京都文京区音羽2-12-21 〒112-8001
電話 編集 03-5395-3510
販売 03-5395-5817
業務 03-5395-3615

本文印刷－豊国印刷株式会社
製本―――株式会社国宝社
カバー印刷－半七写真印刷工業株式会社
本文データ制作－講談社デジタル製作
デザイン－山口　馨

ISBN978-4-06-526196-5

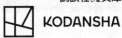

ホワイトハート最新刊

琥珀と秘密の終焉

サン・ピエールの宝石迷宮

篠原美季　絵／サマミヤアカザ

水入りの不思議な琥珀に秘められた真実は？大嵐の翌日、美しい琥珀を見つけても拾ってはいけない。それは人魚の涙でできているから……。不和をもたらすいわくつきの琥珀が、学園の生徒たちを混乱に陥れる!?

VIP 祈り

高岡ミズミ　絵／沖 麻実也

生きるも死ぬも一緒。ただそれだけを祈る。内部抗争が激化するなか、和孝は久遠の判断で日本を離れ、モロッコへ。ついに訪れる運命の刻は、恋人たちをどこへ連れていくのか。《VIP》セカンドシーズン堂々完結！

ホワイトハート来月の予定（12月24日配信）

電子オリジナル　恋する救命救急医 魔王、ジェラシーの夜・・・春原いずみ

電子オリジナル　VIP・・・・・・・・・・・・・・・・・・・・・・・・・・・・・・・・・・高岡ミズミ

電子オリジナル　切なさの向こう側 NOIS外伝・・・・・・・・・・・・藤崎 都

春原いずみ《無敵の城主》全2冊合本版・・・・・・・・・・・春原いずみ

※予定の作家、書名は変更になる場合があります。